藤原定家

名号七十首の謎を解く

中村 るり子

知的ゲームを楽しみませんか？
「百人一首」が「３首合わせ」で選ばれた と示した著者

今度は「四首合わせ」
「新勅撰和歌集　草稿」から 消された歌が 現れる

ごあいさつ

本書は「百人一首」の選者で知られる藤原定家が詠んだ
「名号七十首」　の研究を纏めたものです。
「なもあみたふつ」7字を頭に10種の題詠と珍しい作品です。

前作では「百人一首」が
「2首一対」の合せで「明月記」に記された順番になる事
一般的な百首歌と同じ「四季、雑、恋」へ分類ができた事
選歌は「物語二百番歌合」との「3首合わせ」で示しました。

そして今回は「四首合わせ」

「百人一首」「物語二百番歌合」と同じ藤原定家による選歌
「新勅撰和歌集」その草稿から削除された、3人の天皇
彼らの歌は「名号七十首」との「四首合わせ」で現れました。

それはまるで、四弦で奏でられる琵琶の音。
3人の天皇、後鳥羽院、土御門院、順徳院と藤原定家
4人による会話、応答にもなっていたのです。

当初は「新勅撰和歌集」の「草稿再現」を考える中で
周辺事項、メモ程度のつもりでしたが、前作の出版を機に

あまり一般的ではない「名号七十首」を知って頂く機会にと
「四首合わせ」などの資料部を中心として一冊に纏めました。
読んで楽しんで頂けたら幸いです。

目次

第1章　　　「名号七十首」とは……4

第2章　　　「新勅撰和歌集」とは……8

第3章　　　「定家卿百番自歌合」とは……18

第4章　　　刀と筆力……28

第5章　　　熊野と、桜に橘……34

第6章　　　後鳥羽院の初度百首　採用表記の考え方……41
　　　　　　例示34，43，48，56
　　　　　　76，81，85，95番

第7章　　　「四首合わせ」詳細解説……57
　　　　　　例示　1，31，35，45，54番

第8章　　　「袖」と順徳院百首の重要性……71

資料部
　　四首合わせ……76
　　「2首一対」と分類……131
　　「新勅撰和歌集」　の草稿再現案……140

第1章　「名号七十首」とは

「百人一首」を選歌した藤原定家による、７０首の歌集
　（平安末期に生まれ、鎌倉時代に活躍した歌人）

「なもあみたふつ」　７字を一単位に
四季から、１０種類の題詠になっています。

７６歳ころの作品という説が有ります。
これを採用すると、１２３７－８年頃と推定できるので
最晩年、最後の作品としても注目すべき歌集と言えます。

そこから、１２３５年３月　完成した「新勅撰和歌集」の
数年後に出来た７０首と言う事もできます。

１２３５年は、現在まで「百人一首」と呼ばれてきた百首歌を
藤原定家が編纂した年とも言われますが

私が前作「ベールを脱いだ　百人一首」において示したのは
「百人一首」の「あるべき姿　本来の形」であり、分類は

当時一般的だった「百首歌」と同じく四季、恋、雑へ分けて
恋は半分、５０首でしたが、百首の半分を占める恋の歌は
「名号七十首」ほども珍しくなく、定家らは経験済みでした。

１１８７年　文治３年に行われた行事は
「殷富門院大輔百首」などと言われています。

恋５０首を「忍・旅・名所」などの題詠にした理由について

久保田　淳氏は「藤原定家　王朝の歌人9（集英社）」P64で

「おそらく、勧進主である大輔の好みを反映してであろう」

と書いておられます。
恋歌作家と言える歌も多い定家ですが、恋歌への自信は
歌集の配分にも表れていると考えられます。

たとえば「定家卿百番自歌合」（以下　「自歌合」）の中で
「恋」　は３０番６０首となっていて
「雑歌」　２０番４０首と合わせ、半分を構成させています。

「新勅撰和歌集」は「承久の乱」関係者の歌を削除させての
完成へ至る道も歴史的事実として重要です。

しかし藤原道家が集の年限について確認した時
定家が選者に任命される前の　「明月記」　には

「前代の御製」　として後鳥羽院を
「尤も以で殊勝、之を撰ばば集の面に充満すべし」

と書くほど、後鳥羽院は歌人としても秀でた人物でした。

ここは丸谷　才一氏が「後鳥羽院　第二版」P162 において
　　　これだけ高度な技巧を身につけた帝王調の歌人は、
　　　　　日本文学史に一人しかゐなかった。
と書いておられます。後鳥羽院時代の「新古今和歌集」へは
３０首を越えて入集したが、騒乱を招いて流刑地にあった人
だから、その天皇たちの名を付した歌を認めなかったのが

鎌倉時代とも言えます。

しかし「名号七十首」（以下「名号」）は、削除数を伝える記述と
一致しているだけでも注目すべき作品に違いありません。

「南無阿弥陀仏」を読むと「なむあみだぶつ」７文字
仏教用語とは分かる「名号」は、何の事やら難しい。

簡単に纏めると

・「なむあみだぶ」　と６文字の名号を唱える事
・名号には　「６、９、１０」　などの数がある
・念仏は阿弥陀信仰
・阿弥陀を仏として祈る「南無」する信仰が念仏である

だから歌を詠むには「ふつ」の２音に分ければ
誰が読んでも判り易く、自然でしょう。

和歌は、たった３１の発音、短い文章です。
しかし込められた気持ちは、男女の秘め事や愛の言葉。

用語と、詠み込み技術の巧拙は掛詞ともなり、暗号性を
発揮できるか否か、技巧を凝らした二重、三重の意味に
読める伝達手段の一つだったのも事実でしょう。

ゆえに受け取る側も
同じレベルの能力や、共有する情報がある事を前提として
３１音の文字を同じように読む必要があったはずです。

「四首合わせ」６８番では、八卦、易の考えからか、として
四季の循環ができている事に触れましたが「易」について

永田　久氏による「暦と占いの科学」新潮選書 P205　では
改易、貿易、平易、安易の言葉がある事、そして変化する
連続的にかわる、などの意味として使われているとあります。

その６８番へ合わせた３院の歌は
土）春風、杜若　　順）秋の別れ、霜　　鳥）吉野の春風、雪
次では蚊遣火へと、四季が自然に移り変わって行きます。

「新版　ことば遊び辞典」　鈴木棠三　編では、近年まで
南紀の山村や大和の天川（テンノカワ）地方で、恋の謎ことば

「やまとことば」が使われていたと教えていますが、まさしく
「謎」のようにも思える言葉たちです。

前作で「百人一首」を「２首一対」として「明月記」に書かれた
「天智天皇より以来、家隆、雅経に及ぶ」事を示しました。

同時に対とする歌合わせだけでなく、もともと相手がある
と書いたように、今回も相手を意識した考えによっています。

第２章　「新勅撰和歌集」とは

定家が単独編集を任された作品でした。

しかし草稿を書き上げてのち勅命を下した若き天皇の崩御。
加えて前述したように
「承久の乱」関係者の歌を削除した事は歴史的に有名です。

歌は単独選者だった定家に、目の前で削除させたのですが
上役の命令に従ったと、周囲の人達は非難しました。

仕上げ直したのが現在の「新勅撰和歌集」（以下「新勅撰」）

削除数を紹介している例として　「新勅撰和歌集」
久曽神　昇、樋口芳麻呂校訂　　岩波文庫　P210
「藤原定家」　久保田　淳　集英社 P238

「七十首とかや」

同じ数と言える「定家　名号七十首」の６４番は
成立時期を示すと言われています。

　　ななそじのむなしき月日かぞふれば
　　　　　うきにたへける身のためしかな

三十路（みそじ）四十路（よそじ）から、ななそじ＝七十路
むなしき　虚しき」に「む　六」があると読んで「７６歳」説。
ここを「む　六　な　七　し　四」と読めば、最初の部分から
７６、７４、となる事に気が付きます。

この７４に関連して思い出すものがありました。
拙作「ベールを脱いだ　百人一首」で述べた事の一つは
「百人秀歌」の重要性と、そこに入った４首の存在意義。

特に７４番は同人異歌として「百人一首」と「百人秀歌」
両方に選ばれた人の歌が、置き換えになっています。

そして　「百人一首」　と　「古今集」「万葉集」には
数字の繋がりが有るとして例示しました。

「名号」６４番は、制作年度を示唆するかの内容に
「数ふれば」と数を詠み込んでいるのです。

「７０」から「むなし　６７４」と続く歌に込めた気持ちは？
７０＋６で完成年度７６歳説があるなら「７４」とは何か？

１２３５年は「新勅撰和歌集」が完成。定家は７４歳。
７６歳の１２３７年には順徳院　御百首に加判しているから
「注目すべきは数字」
素直に、そう考えてみるのが好いのではないでしょうか。

約８００年前、平安時代が終わるころ生まれた定家。
政変と、権力争いの中で育ち、武士による鎌倉時代を迎えて
藤原良経、主家の殿様にも仕えて才能に磨きをかけられた。

その良経が早世した後、役に立ったのは歌だったのです。
鎌倉の有力者と歌を通じて、早くから交流を始めていたので

- 　源　実朝とは会わずに終わったものの、師弟関係構築
- 　息子の嫁に、鎌倉の有力者、宇都宮氏の娘を迎えた。

などに結実しました。
１１８５年「源平の戦い」から１２２１年「承久の乱」は６０才
そのころは既に、鎌倉側との強い絆を作っていたのでした。

しかし歌人としては、実朝を関東で
京都では後鳥羽院ら、天皇家の優れた歌人を流刑で失った。

「新勅撰」編纂時は、存命の２院に対して帰京は却下されたが
直近の天皇が入らない勅撰集などあろうか、と思ったでしょう。

しかし決定権は、当時の天皇と、直属の上司、上位の人です。
従うのが宮仕えであり、仕事を頂けるから家族を養える。

ましてや定家の単独選という大変な名誉。
歌詠みとして本文に、かつ編集者として後世に名を残せる。

前作では「明月記」に記載された「太理の職」に触れましたが
地方文献の編集者名は、自分たちの時代まで伝え残ると
記した定家の生きる目的、課題が、これだとも考えられます。

だから余計な事は言う必要が無い、言ってはならない。
端的に書き表した言葉は、７１歳　「明月記」貞永元年
１２３２年６月１３日「新勅撰和歌集」への勅命を承った時

「称　唯す(微音)」　と書いてあります。

「明月記」はこれ以後も次の書籍から引用しています。
　今川文雄氏による「訓読　明月記」河出書房新社

そんな定家でも、と書くべきか、そんな定家だからこそ
と言うべきか、自信を隠さない人に思えてなりません。

　　たらちねの及ばず遠き跡すぎて
　　　　　　道をきはむる和歌の浦人

和歌で「道をきわめた」と言い
寛喜２年７月６日、勅撰集編纂の動きを知り「明月記」へ

「今度に於ては撰者誰か在らんや」

と書きつつ前回と同じく、その一人に選ばれるだろうと
願いよりも自信を見せている、と読みましたが、彼のように

宮仕えする社会人として臨機応変、時には「明月記」へ記した
「あいまいとして忘却」等と言いながら激動の時代を生き抜く

武器としての「和歌」と、その手本、当時でも古典だった書物
「源氏物語」「古今和歌集」などの書写にも熱心だった人。

お蔭で古典を読んで楽しめるし、研究もできるのです。
しかし、ほぼ漢文で書かれた「明月記」「古事記」「万葉集」
そのまま読みたい、魅力を感じる人がどれほど居るか・・・。

高校時代に漢文も好きだったのですが、もしも先に挙げた
「訓読　明月記」などが無かったら、出版を考えるまでの

強い興味関心の持続は出来なかったと思います。
定家を含めた先人のご苦労に対し改めて感謝申し上げます。

昔の物でも、現代まで大事に保管されている物として
京都、仁和寺には「明月記」の断簡があります。
仁和寺と、皇室、貴族らの繋がりは強かったので
今回の本にも関係する記述が「明月記」にあります。

　１２３４年　文暦元年９月８日
　一昨日、八代集の歌を仰せらる　（各十首）
　書き出して仁和寺宮に進上す。

書き出した八代　×　１０＝８０首「八代集秀逸」について
樋口芳麻呂氏は　「後鳥羽院」　（集英社）　P221　の中で
　　定家が院の歌を三首　　家隆は一首

数の多少に心情や、思い入れも見ておられるようですが
私は、冒頭に紹介した　「集の面に充満」　の記述からも
何とか３首に絞ったとの考えを加えさせて頂きたいです。

仁和寺の役割を、遠島と京都を繋ぐ、と言う事もできます。
子は鎹（カスガイ）と言いますが、院と定家は親子程の年齢差。
しかし長い年月を和歌で結び付いてきた二人です。

院は歌詠みとしての名に「親定」を用いたりしました。
ここを丸谷才一氏は「後鳥羽院　第二版」P180

「親愛の情のあらはれに相違ない」

と言っておられますが、私は定家の他に、源　通親も加えて
２人の人物、一字ずつ使ってバランスと、面白味も持たせた
好いネーミングに感じられるのです。

「水無瀬釣殿当座六首歌合」は院と定家、各６首
ここで定家が高い評価をした歌は　新古今集１０３３番

　思ひつつ経にける年のかひやなき
　　　　ただあらましの夕暮のそら

定家は、家隆らのように後鳥羽院派という態度は取らず

「承久の乱」　の前に受けた勅勘で謹慎を命じられてからは
縁を切ったと考えられますが、仁和寺や家隆らを通して
元天皇からの「指示」を可能にしていたのは確かでしょう。

これは流刑地に居る、環境待遇が変わっただけで
僅かでも発言力、影響力を残した、又は鎌倉側が連絡や
交流を絶つまでは求めなかった事を示しています。

後鳥羽院は、源平の戦いで敗れて入水した安徳天皇とは
同じ高倉院の皇子なので、死罪も当然だったはずです。

そこを、単身での流刑で済ませた「温情判決」だったなら
十数年経っても、帰京までは許すはずないと考えられます。

定家が、いかに高齢でも、単独選者として世に知られており
一首でも入選して欲しいから家を訪問する人も居たほど。

13

勅撰集完成間際での天皇崩御は、ゴミになる可能性よりも
後鳥羽院らの歌を入れた事が問題となる可能性が大きいと
考えられる政情だった、とも言えます。

「明月記」の「承久の乱」あたり数年は切り捨てたようですが
「新勅撰」が完成したのは、定家が焼いたのとは別の草稿。
宮中へ届けていた物を、上役、道家が探しての命令でした。

紙と墨、筆の時代なら、当然、書き損じもありましょう。

中学時代から推理小説ファンの、私の思考回路は
「明月記」に「焼いた」と書いてる事も「重要ポイント」
だと考えさせます。つまり和歌と同じく「読み方」です。

草稿を焼いたと書いてあるが、本当に灰にしたのか？
定家にとって「明月記」の重要性、使い方の一つとして

・書いておけば確認できる、証拠として見せられる。
・書いて無いなら、何かの出来事は
　無かった、分らない、覚えてないと言える。

書いた事、書いて無い事も、歴史的な事実と考えられます。
「明月記」の性質としては

・宮廷生活、貴族の暮らしを伝える歴史的意義がある
・当時の空、天体の様子も窺い知る事ができる
・様々な分野で興味関心を持たれ、研究されてきた書物

それを、どういう姿勢で読むかも大切と思います。

・個人的な日記と、それを子や孫へも伝える家庭史
・公の行事や、上司、天皇との事を記述した業務日誌

だから内容を疑うのではなく、心して読む必要がある。
私達は「明月記」によって当時を知り得るし、言動から
予測も可能と思います。

天福元年２月３日　「九条宿所の隣、群盗又乱れ入る」
７月３０日は仲章の頼みで、実朝の為に貸した

「千載集　上」が消失したので、定家は５日ほどかけて
上帖を書き終えて、下帖を書き始めたとの内容でした。

勅撰集編纂という国家事業には「万が一」に備えるべき
物取り、火つけが目と鼻の先で発生していたのです。

「新勅撰」は完成間近で任命者、後堀川院を亡くしたけど
ご病気だったので、形式的な内覧は済んでいました。
　（序文と目録奏覧、貞永元年　1232年）

重臣、道家も関わっていたはずでしょう、管理能力の高さ
リスクマネージメントが出来ていたと言えますね。

当時を想像すれば、亡くなった院は未だ若く、崩御に乗じて
源平、承久のような大事件が、いつ起こるか分らない。

暴れる側ともなった僧兵は、武士より強かったかもしれず
そんな中で作った草稿を簡単に焼いたとは思えないけど

15

若い頃の定家は、血気盛んな男でもありました。

相手を物で殴るような喧嘩をして謹慎となる程。
それでも草稿が清書に出す一冊だけ、とは考え難い。
手元、予備、手元で改定する個人的切り貼り用 etc

私は昔から「万葉集」を２種類持っているのですが
前述した「明月記」の使い方と合わせて考えれば
「焼いたと書いてあれば、焼いたと言える」が大事ですね。

そんな定家の作った歌、選んだ歌を考えるには
例えば勅撰集から集めた　「定家　八代抄」のような作品も
好み、傾向を知る事はできるでしょうが

「定家卿　百番自歌合」は最初が５５歳。建保４年 (1216年)
７１歳の時に見直して、８首を入れ替えているのだから
本人が認める自分の秀歌選と言えるので、この編集初期
５５歳作成時点以降を年表にしておきました。

５５歳	１２１６年	定家卿　百番　自歌合を作る
６０歳	１２２１年	承久の乱
７０歳	１２３１年	土御門院　没
７１歳	１２３２年	新勅撰和歌集、撰進の命が下される
		関白左大臣家　百首を詠む
		定家卿　百番　自歌合を見直す
７２歳	１２３３年	娘の出家を機に出家　法名「明静」
	11/11日	
７３歳	１２３４年	
	6/3日	「新勅撰和歌集」　草本進入
	8/6日	編纂を命じた後堀川院　没
		明月記には草本を焼いたと記すが
		御所の草本を元に完成を命じられる
７４歳	１２３５年	
	3/2日	清書、草、各20巻を藤原道家に進献
		立会いの元で歌を削除し完成
７６歳	１２３７年	佐渡の「順徳院百首」に加判した
		名号　七十首
		（76歳の説を採用しておく）
７８歳	１２３９年	後鳥羽院　没　６０歳
８０歳	１２４１年	定家　没
		（生年の月日不明の為８０歳の年）

第3章　「定家卿百番自歌合」とは

「定家卿百番自歌合」は
2首一対を一番(ツガイ)として次の配分になっています。

春14　　夏7　　秋19　　冬10　　恋30　　雑20

纏めると　四季　50番　　恋雑　50番
一般的な百首歌の配分と大きく異なります。
他の人はどうだったかというと「家隆卿百番自歌合」

春16 夏6 秋21 冬11 恋29 雑17
四季　54　恋雑　46　半々でもありません。

「歌合」は、千五百番、三百六十番、院四十五番など
数も、出席者にもよって自由自在、楽しみだけでなく
歌の優劣を競い合ったり、自歌選集になったり。

関東の武士が刀で戦うのと違って、手には紙と筆。
しかし詠む、作る和歌は用途も様々で、その優劣は

藤原俊成が歌論書で述べたように、説明しにくいけど
「六百番歌合」では引き分けを不服として
判者へ「陳情書」まで書いた藤原顕昭も居ました。

そして所作、態度を磨く場だったようにも思います。
判者が官位の上でも、自歌を負けとしたり、むしろ
「花を持たせる」事の方が多かったかもしれません。

第2章で書いた後鳥羽院と定家、2人六番の判定には
「長幼の序」年齢差への配慮も感じる事ができます。

天皇と仕える身の違いは、同じ題や語句を用いても
詠う内容に大きな違いをみせて当然とも言えましょう。

連歌への思い入れに対する後鳥羽院と定家の違いを
丸谷才一　氏は「後鳥羽院　第二版」　P402で

　　「一見相似てゐながらしかし対照的である」

と述べ、P206 には「住吉」を２首紹介しています。

　　院　住吉の神も哀れといへの風
　　　　　　　　　　なほも吹きこせ和歌の浦波

　　定　わが道をまもらば君をまもらなん
　　　　　　　　　　よはひはゆづれ住吉の松

院は、定家が、為家（当時6歳）を伴って参上した時
定家は、千五百番歌合せ　詠進歌

書物は多くない時代とはいっても
俊成を父とした「歌の家の子」にとって、読み物は教材。

「源氏物語」を好んだ定家ですが、母親の愛読書として
考え方、価値観形成に影響を受けたでしょう、そして
先の配分にも見られるように

春好みの院に対して、秋好みの定家と考えられるし
「百人一首」の選歌はその根拠にできると思います。

この「好きな季節の違い」は性質の違いとも言えますし
出来事に対する受け取り方の違いにもなるでしょう。

「承久の乱」直前、一年前の承久２年に勅勘を被る歌は
行事欠席の挨拶がわりでもあった題詠「野外柳」です。

「煙を比べる」とは恋心や、相手を想いやる強さ、深さを
視覚的に、燃え上がる煙の高さで言っているのですから
当時の人なら、誰でも知っている言葉、使い方でした。

　　道のべの野原の柳下もえぬ
　　　　　　あはれ嘆きの煙比べに

「野外柳」の歌は亡き母と共に、父への思いも込めた
と読む事は出来ますが、後鳥羽院の逆鱗に触れた理由は

定家との出来事でした。定家の庭から持ってこさせた柳。
今も根に持っているように感じたから、と言われています。
ところが、むかし院が作った「若草」の題詠は

　　下萌ゆる春日の野辺の草の上に
　　　　　　つれなしとても雪のむら消え

１２０３年、定家の父、俊成９０歳を祝う２首の一つで
「野外柳」より２０年ほど前だけど「もえ、もゆ」
院が「下上」に、定家「下」とまるで合せたよう。

まして後鳥羽院は記憶力も並はずれていて「新古今」を
暗記していると考えられる程だった、とも言われているので
たかが柳２本？と疑問符がつきます。

そこを昔の詠「若草」から俊成の祝賀歌へ思考が回れば
親孝行者よと褒美でも賜ったかもしれません。

しかし、それでは困ります。
定家が「承久の乱」真っ最中に宮仕え、仕事をしていたら

そして乱の関係者にされてしまったら、現存する古典書物の
書写も出来ず、私達は教材が無かったかもしれない。

このように考えながら「自歌合」を鑑賞していると
定家が、人生の終盤に作った名号七十首の制作目的とは?
それだけで推理ファンの私は興味深々、わくわくしながら
和歌の選者にもなった定家の好みを考えました。

「自歌合」の特徴は「百人一首」「物語二百番歌合」と同じ
既に公になっていた歌から選んで、２首一対にした事です。

現代に伝わるのは、７１歳で見直し入れ替えた後の物。
最初に在った歌は不明のようですが、入れ替えた歌は

「新勅撰」編纂の為に開催された「関白左大臣家百首」

ここからの歌と分かっているので、行事をきっかけにして
歌を見直し、入れ替えの必要を感じたのかもしれません。

そこを、また定家の状況、立場で考えてみれば
若い頃から、病弱を前提に生きて来たような人だから
「最後に遺すべき歌、作品として満足のいく物に」
と考えたのはごく普通の事と思います。

歌合わせ２首の、番(ツガイ)の結び付き、並べ方をみました。

例１　４８番右　と　４９番左　「み」「白雪」

　おほとものみつの浜風吹きはらへ松とも見えじうづむ白雪

　神さびていはふみむろの年ふりて猶ゆふかくる松の白雪

例２　８４番右　と　８５番左　「袖の」「の月かげ」

　むしあけのまつとしらせよ袖の上にしぼりしままの波の月かげ

21

わするなよ宿るたもとはかはるともかたみにしぼる袖の月かげ

同じ番へ２首並べるのではなく
隣の番へ並べる事で「共通語」の存在価値を上げます。

一首は、歌集の歌数、多少に関係なく
私達が市民、国民で、かつ会社なら同僚であるように
独立しながら集合体に所属するための繋ぎ役なのです。

手芸好きな私には、洋裁、パッチワークとも考えられます。

春は冬の終りから、里の桜 、山桜、夏までの移り変わりや
山から川、海から空へと、目線や景色の移動もしつつ
和歌を書いた布短冊が、縫い合わされていくようです。

次に、定家好みの用語と思われる物を取り上げました。

例１　和歌の浦　（92番左）

　　和歌の浦やなぎたる朝のみをつくし朽ちねかひなき名だに残らで

先に紹介したように後鳥羽院も詠んでいますが

定家の場合
冒頭で紹介した「道をきわめた」とは対照的に不遇を嘆く。
大成をなす過程で、我と歌に対する考え方の移り変わりや
身辺の出来事による動揺などがあったかと想像されます。

例２　もろこし

１００番（２００首）に３首、 ９０番 １５２番 １９６番
７０首しかない「名号」にも一首（５８番）へ用いています。

用いる単語に流行もあったとして
流行だから好みとは限りませんが、定家の選歌数から
「もろこし」　を好んだと思われます。
丸谷才一氏は「後鳥羽院　第二版（ちくま学芸文庫）」P140

　　この異国趣味は
　　「千載」「新古今」のころには、いよいよ盛んになった

として収載歌の傾向、多少にも注目しておられます。
「唐・もろこし」　を詠む事は何を意味したのでしょうか？
定家の周囲には西行法師、明恵上人、源　実朝らのように
インドや中国へ行きたい人が多かったようにも思います。

時代的には、１１８５年に源平の合戦で平氏は没したけど
勝った源氏の勝因として
熊野水軍が味方についた事は大きかったと言われます。

戦うためでなくても島国の日本は、周囲の島々との交流に
水上を往来する船があり、大陸へ渡るだけでない遣隋使や
遣唐使、と言われる団体が、遥か彼方へ向けて船出した。

奈良、平安時代に、そういう人達が居れば、当然来た人も。
物部、曽我、秦、橘と、藤原だけでなく「古事記」から続く
氏族に関する本を何冊か読むだけで、海は交通ルートであり
たいした障害物では無かったと知らされます。

日本は、金銀、銅、亜鉛などの鉱産物に溢れた、光り輝く国。
仏像、生活用品、武器、製鉄拠点となりえる資源国でした。
海は、まるで進路を阻むかに感じる事もあれば
「四首合わせ」４１番は４人の「結び合い」でした。

「草」を結ぶ行為、行動は男女の仲を内外に示す事にもなり
定家の時代にも物語に、和歌にと用いられていました。

23

この「４首合わせ」では「名号」が儚い尾花を詠みながらも
固く結ぶ紐で硬軟を見せる歌。それに関連した草を結ぶ行為。

台湾原住民族も、草を結んでいたと知りました。

きっかけは２０１６年、台湾首相による政治ニュースでしたが
web 検索した時の衣装に興味があって、白黒の古い写真集

瀬川考吉　台湾先住民写真誌　ツオウ篇　　湯浅浩史　著

を買うと、中に結んだ　「草」　も有りました。
まじないの用途で、オニガヤ(トキワススキ、オニススキ)を結んだ。

世界には日本のアイヌや、北米のイヌイット、インディアン等
独自の言語、文化を、歴史とともに継承してきた人達がいます。

日本の大昔、男女の交際宣言を内外に示した草。
これは人手が入った庭であると見せる心理効果、もしくは

陰陽五行、海外から流入した呪術とともに
他人が近寄らないようにする、信仰としての、まじない。
色々な理由、意味も考えられます。

・内田正洋　著　祝星「ホクレア号」がやって来た

・ナショナルジオグラフィック　2008年3月（日本版）での
　「南太平洋の民」　の記事や、番組で観た
　「イースター島」　Lost continent of the Pacific

などからは水の惑星、地球を意識するとともに
波と風を頼りに海へ漕ぎ出た人達の、勇気を後押しした
星を観る、観察力と、その方法や伝承の確かさとか

エジプトや、メキシコなどの地面に建設された古代遺跡

そこに見られる高度な天文学、数学は、人類の仕業でなく
地球外知的生命体が齎した、という説も興味はありますが

自然観察という経験からくる知識の集約
このほうが単純で、自然な考え方に思えます。

また、極簡単な道具で、大事業が可能だった事は
例えば近江俊秀氏による「古代道路の謎」などを読むと

シンプルで優れた方法と、それを使いこなせる人達が居た
そして、彼らは命も掛かっていたでしょうが、努力した。
労を惜しまなかったから、何でも可能にしたと考えられます。

私は静岡県の富士市に５０年以上住んでいて、富士川の
「雁堤　カリガネヅツミ」　は学校の社会科見学で観ました。

この原稿をまとめている時、インターネット検索して見つけた
上空からの写真は、まさしく羽を広げた鳥。感激しました。

富士市から直ぐ近くの、由比には、広重の美術館があり
絵画鑑賞も好きなので、何度となく車で行きましたが

この地域は、律令制度による約１６Ｋｍごとの「蒲原の駅家」
「清見」の関所は「清見潟」とともに和歌へ詠まれています。

今から１５００年も前というより、西暦が始まった後には
日本でも道路の整備と、馬による情報伝達が可能だった。
これらには「秦氏」などの渡来系技術集団が活躍したとか。

岡田　芳朗著　「暦のからくり」　はまの出版　P102　は
「厩戸皇子」は当時流行の名前?
聖徳太子の本名に注目しているページタイトルです。

聖徳太子、キリストのように、政治や社会へ何らかの新しい

考え方とか宗教によって、変革を齎した人が居た時代には

日本で言う馬を乗り継ぐ駅が、休憩所にも成っていたから
巡礼や布教など、旅の途中で出産日を迎えたのでしょう。

想像するだけでなく、窺い知れる遺跡はあるようですが
西暦１２００年代に「唐　もろこし」へ行くのと同じくらい

辛い船旅によってでしか行けなかった「隠岐、佐渡」
和歌では、そういう所を思い描いていたのかもしれません。

日記に「明月記」と名付けた定家は、出家して「明静」
という名を使い、文献にもその名を記しています。

日記には、月とともに「空」を観ていた事も分かるので

「明静」　を口に出せば「みょうじょう」だから明けの宵のと
「金星」　も掛けたなら「その社会で、もてはやされている人」

同じ「明」を使った人が、定家の交友関係にいました。
明恵上人は「鳥獣戯画」との深い関係ある人物でしたが
インド訪問の夢は叶わなかった人。

定家は「もろこし・唐」好みだったと考えられるので
「自歌合」　から２首、紹介しておきます。

７１歳の詠「関白左大臣家　百首」から入れ替えた歌

　　７６番（No152)

　　はるかなる人の心のもろこしは
　　　　　　　　さわぐみなとにことづてもなく

場所として遠い異国。心の離れてしまった人と人も同じで
そんな人なら、近所に住んで居ても言葉を交わす事もない。

己のみ心を乱しても恋する女、想う人からの文もない、と。
冷たい海風を肌に感じるような、心に沁みる歌です。

　　４５番(No90)

　　なくちどり袖の湊をとひこかし
　　　　　　　　唐舟も夜のねざめに　（モロコシブネ）

次の章へ繋ぐため　「名号」５８番　を紹介します。

　　もろこしもこの世も名こそうづまれね
　　　　　　　　野ばらのつかはあとばかりして

第４章　刀と筆力

「唐、もろこし」の歌に見る武士の刀と、京都の筆力として
「名号」の５８番を取り上げます。

　　もろこしもこの世も名こそうづまれね
　　　　　　　　　野ばらのつかはあとばかりして

下の句は難しくて
直ぐには意味が掴めず、光景も描けませんでした。
主に「古語辞典」を使って、自分なりに把握したので
分解しながら作者が込めた思い、絵を探しましょう。

野ばら

「野　ば　ら」又は「野ば　ら」と分解して考えてみます。
「ら」は現代でも「彼ら　彼女ら」などの使い方があるので
次のように調べて、纏めてみました。

の

「野」接頭語、野生の、粗野である、いなか
「幅」接尾語、布　の幅を数える単位で約３０～３８㎝
　　　　和歌では「袴(ハカマ)」の縁語や
　　　　「野」の掛詞として多く用いる。

ばら

　接尾語　人に関する名詞について多数の意を表す。
　　　　「たち」が敬意を含むのに対して
　　　　敬意を含まず人にのみ用いる。

つまり「ばら」は現代の「ら」と同じ使い方ですから

「野　ばら」 では田舎者たち、粗野なヤツラ。

今なら一般的に花を思い浮かべると思います。
花や樹木として調べると、紫檀、ローズウッドが関係し
これは、中国経由で入って来たため「唐木」の一つとか。

ローズウッドは家具で知られていますが、小さい物では
刃物の柄にも使われているようです。

そこで「野ばらのつか」も、まず「柄」で考えると
刃物と言っても刀からナイフ、大小ある中で、小型なら
工作用のみならず、急な出来事、いざ！ という時は
身を守るためにも使えます。

大きな長い刀となれば、武士をイメージしますけど
公家、貴族が戦わなかったわけではありませんね。

西洋には「バラ戦争」もありましたが、結局は日本も同じ。
東西南北、海を挟んで大陸、唐（中国）や朝鮮半島など
他国民との戦いの間に和歌や蹴鞠（けまり）で遊びながら
素養を身に着けたと考えられます。

遊びに隠れて、政策、戦いの計画を立てたりしたでしょう。
定家の時代なら、後鳥羽院の水無瀬殿、その役割は
情報収集、密会の場でもあったと考える事ができます。

藤原雅経は「百人一首」にも 入った歌詠みですが
家は飛鳥井と言われる「蹴鞠」でも知られた人でした。

建久８年２月(1197年)には、父親の流罪によって関東へ
下っていたのを「蹴鞠」で京上を求められ帰参します。

１２０１年には日帰りで水無瀬へ報告に来たり。
彼の場合も、お家芸が身を助けた好例と言えますね。

久保田　淳氏は「藤原定家とその時代」の中で
　「わが国古代においても」　　として

　殺戮を伴う戦攻と「みやび」とは
　共存しうるものであったであろう。

　平家一門の都落ちの際、大炊御門前斎院（式子内親王）
　の御所へ別れを告げにやってきた平　重衡の言葉などは
　武者としての自己否定というべきであろう。

と書いておられました。
次に　「つか」　から　「塚」　も考えるべく関東へ目を向ければ
地名に「平塚」があり、薔薇の名産地でもあります。
私が現在、住んでいる静岡県富士市民の花も薔薇。

私はガーデニングも３０年以上で、花に関係する場所を
調べて旅行もしました。育てる草花に棘は好まないけど
草花染めには薔薇を使ってみたいと思っています。

後鳥羽院が、流刑中に書いたと伝わる「無常講式」には
「棘路」の語があり、イバラの道と理解できますね。

名号の「野ばら」は「無常」の分類へ置かれています。

キリスト教ではイバラの冠、荊冠（ケイカン）もありますし
「日本人とユダヤ人」の中で、イザヤ・ベンダンサン氏が
紹介している詩は　（女）　わたしはシャロンのばら
として始まります。

この詩は、新改訂で　サフラン　とした物もあるようです。
花は鑑賞だけでなくサフランライスやカレーの黄色を
出す物として、乾燥させた花のメシベを使う。
最初に思いついた人って、どんな人だったんでしょうね。

バラを用いた商品のローズヒップティは良く飲みますし
ローズオイル、ローズウォーターならイスラムだけでなく
化粧水、飲み物と用途も多岐にわたります。

日本の地名には茨城県と、大阪府茨木市。
開拓していった人達の、血と汗も見えますね。

これらを総合して　「野ばら」　の歌を読んでみると
粗野な田舎者の住む東の武士が姿を現します。

「あとばかりして」と結ぶから戦いの跡、墓や塚
そして簡単な土盛りに残された「刀と柄」も見せます。

定家が若い頃、父の俊成に同行して会った式子内親王は
「斧」　を詠んでいます。

斧の柄の朽ちし昔は遠けれどありしにもあらぬ世をもふるかな

「をの」と表記している物もありますが、マサカリではなく
古語辞典は「よき」で引くと、手斧と出ているのですが
京都の　「太秦」　も「うづまさ」なんて読みませんよね。

日本の古典的和歌や、文学作品のみならず地名、氏名
さまざまに歴史を伝える物があります。

そして歴史的な損失と思ったのが市町村合併でしたが
地名の変遷も、歴史、とは言えるでしょう。

私は自分で車を運転してのドライブ旅行も好きだったので
２００６年頃までは静岡県内に、東京や四国も行きましたが
地図を見るのも好きで、カーナビは付けないままでした。

ここで、再度「名号」５８番を読んでみて下さい。

31

もろこしもこの世も名こそうづまれね
　　　　　野ばらのつかはあとばかりして

「万葉集」に収載された歌と名は１５００年も生きているし
１０００年以上前、平安貴族の文化の一つが和歌だった。

紀　貫之ら、現代に知られる歌人の活躍とともに発展があり
平安末期から鎌倉時代には、偶然にも天才が集まった。

その中心が、後鳥羽院と言えるでしょう。
院政を敷いて、自由度を持つ京都側の権力者となったけれど
これがもし天皇のままだったら、和歌の新たな発展や
「承久の乱」は無かったのかもしれません。

しかし、そうだったとしても後鳥羽院は高倉院の皇子。
１１８５年、壇ノ浦で異母兄弟の、安徳天皇を失いました。

その後鳥羽院が、急死もせず、戦乱で殺されること無く
新古今時代を迎えられたのですが、ここも強運だったのか
敵を排除していたのかと、色々な検討材料になりますね。

長い年月に渡って、政治の上、中心にあった人達にとって
和歌を書く、紙や墨、筆を利用できる立場だったことは
遠くの人への指示、会話を容易にしてきた。

後鳥羽院を和歌へ駆り立てた情熱、熱狂を可能にしたのは
秘密の情報伝達手段とみた事もあると思います。

院の時代で言えば、鎌倉で実朝を擁立する動きがでた時。
頼朝の後継者が死んだ知らせは、翌日には入ったそうです。

「新版　ことば遊び辞典」鈴木棠三編　（東京堂出版）　P12
「筆」　を答えとしている二段謎の質問は

足黒鳥がしら田へ降りて我が思うことを人にさとらすナーニ

教えるのではない「人に　さとらす」がポイントですね。
天皇の命令による勅撰の歌集を作る意味の一つは
道路と、駅鈴を鳴らして駆け抜ける馬を利用できること

墨と筆で紙へ歌を書く事ができる人と、そうでない人との
知識と言う情報量の差、も見せる事だったと思います。

沢山のなぞなぞを紹介した前述の本には、伊勢神宮にも近い
海辺の町「二見」を答えとする質問が「底」で解説は

蓋見の裏は底

昔は、恋を　戀　と書きました。
答えを「糸」とした質問は　恋には心も言も無し
確かに「戀」から「心と言」が無くなったら「糸」だけです。

こういう思考回路なら、和歌も自然と出てくるでしょうね。
そして現代的に、秘密の恋文、暗号に用いる事もできますよ。

１２２４底　==〉クリスマスイブ　二見で会おう
これで話が通じるのは、やまと言葉を知る者だけ、ですから。

33

第5章　熊野と、桜に橘

熊野

熊野は「くまの」と読むのが一般的と思いますが
熊野権現になると、熊を　「ゆ」　と読ませ、ゆやごんげん。

能の演目にもあり、熊野を「ゆや」と読ませたのは美女で
遠江の国（静岡県）長者の娘は、平　宗盛に愛されたのち
里を東と詠んだ歌により、母親を見舞う帰郷を許された。

　　いかにせむ都の春も惜しけれどなれし東の花や散るらむ

逆に「あづまに花の盛りなるらむ」とは後鳥羽院。
「四首合わせ」４５番では「あづま」繋がりの選歌です。

「古事記」　の世界で旅したヤマトヒメ
次田　真幸氏による　「古事記」講談社学術文庫　では

近江国から東の美濃をめぐり伊勢に着いた。

「東」　とは京都より東、の広範囲を指したと判るのは
このような所からですが、長い歴史を生き抜いた武士と
京都のお公家さんや、海を渡って来た人達が居れば

後鳥羽院が頻繁に行った熊野、紀伊半島には伊勢神宮
高野山と、現代へも続く信仰の中心があり
「熊野水軍」　が、源平の合戦で源氏へ付いた事は
勝因の一つと言われ、この時、後鳥羽院は少年でした。

成人してのち始った、頻繁な熊野御幸の理由には
和歌への精進、上達の願いを込めて修験道を行く事と
水軍を味方につけたかった、を加えてみたいです。

34

熊野というと熊野三山が熟語のように出てきますが
前作の「３首合わせ」では「山」の３番続きから「九重」
「三山が九」　と算数に成りました。

「三品」「九品」　も連想できます。
古典では人名に「品」を「ほん、ぽん」と読む事もあり
読み方をご存じの方は居ると思います。

ところが私は、それと別の「品」を目にしました。
２０１５年秋、書店で見た雑誌「サライ」(小学館)は
京都、紅葉特集。京都好きなので直ぐに購入したところ

紅葉の写真とともに「平等院」は中堂内に描かれた
くほんらいごうず　「九品来迎図」９段階の来迎

上品・中品・下品のそれぞれに、上生・中生・下生があり
全部で九段階となる。３ｘ３＝９　だったのです。

さて、ここで又　「熊野」　へ戻ると
紀伊半島と関係する人に、天武天皇が上げられます。

次の出典はイ・ヨンヒ氏による文芸春秋からの出版物です。

「枕詞の秘密」P289　や　「もう一つの万葉集」P214
　　雲　グマ＝熊　であり、古代韓国で主流をなした一族
　　雲は、狛族の異称。　くま、こも(籠毛)、くも(雲)

「甦る万葉集」P46
　「雲」を「書紀」では倶梅、来目とも表記した。

「甦る万葉集」P123では
小林　恵子氏の本から次のような事を紹介していました。

「青龍」をもって任じ「青」は天武のシンボルカラー
「高句麗」を暗示する言葉でもあった。

熊野を「野ばら」と合わせて考えれば貴人か野人か
クマと呼ばれた一族の支配下、活動地域かもしれない。

植島啓司著「伊勢神宮とは何か」 では
「海人族」という言葉によって
当時の人の特技、種類も分かりやすく紹介していました。

第7章「四首合わせ」詳細解説で紹介している歌。
はまな（浜菜）を摘むのは「海人のおとめ」たちでした。

「失われた原始キリスト教徒　秦氏の謎」において
飛鳥昭雄・三神たける氏が次のように述べていました。

　　天武天皇は本来、即位資格が無かったとの見方が有力
　　本来の天智系統へ戻す事が大事だったから
　　天武系の抹殺による怨霊逃れも平安遷都の理由だった。

この天智回帰説から思いあたるのが「あかねさす」
「百人一首」に天武天皇と額田王の2首が無い理由です。

現代にも超名な歌が無いのは昔からの疑問でしたが
前作で示した「百人一首」の選歌基準からすると不用。

しかし天武の歌だから入れなかったと考える事もできます。
当時の和歌集は、時代順も考慮し、春から始めるとなれば

分類を恋としても「万葉集」からの選歌が多すぎてしまう
天智、持統という初めの2人を置いたから、とも考えますが
前述の2氏による、天智回帰説が理由でしょうか？

6章で紹介した、額田王の歌を例にすると彼女の仕事は

政変、真相を伝える人、時には暴露する事だったから？

そして天武天皇との歌も、定家の時代には、もしかして
恋歌に隠した政治的暗合だと伝えられていたのでしょうか？

さて次に、前述した天武のシンボルカラー、青の意味を
私は、青銅器に関係するのではないかと考えていますが
当時の日本は、大陸や半島から技術者が流入していました。

順徳院の流刑地、佐渡は「金山」
「吉野」も「石見」ほど有名ではありませんが「水銀」の産地。

紀伊半島は水軍を養い、武器を生産するに足る資源も豊富な
恵まれた土地だったので、大昔から商売も出来た。

私の住んで居る静岡県にも有名な「土肥金山」がありました。
こうやって見ると日本は地震、火山の島ですが、ゆえに地殻が
熱せられ、強い圧力が掛けられる太古の歴史を経ている。

富士山の周辺で温泉に入り、美味しい地場産品を食べながら
思いを馳せるのも楽しい時間の使い方ではないでしょうか。

まとめると「熊野」は渡来系の製鉄職人らが住んでいたので
航海術と腕力も併せ持っていたから源氏は勝利できた。
しかし貴族と比べれば　「粗野な者たち」　なので
「熊野」　と言われるようになったのかもしれません。

37

桜に橘

熊野のある紀伊半島、吉野は桜が有名です。

「四首合わせ」には、左右の大臣が続く2番がありました。
昔は「左大臣」が上位で、現代の「右腕」とは逆ですね。

「右近の桜、左近の橘」とセットで言われる事があります。
今の日本人なら、右でも違和感は無いでしょう。

この由来は、秦氏の持っていた屋敷にあった桜と橘。
そこを京都の御殿、天皇の住まいとした所から、とか。

庭木の左右から、上下関係の左右逆転。
ここは日本と外国の違いとして単純な理由が考えられます。

私は海外旅行も良く行きましたし子供の頃から洋画好き。
だから、海外の昔の貴族が住んで居た屋敷などは「前庭」
門をくぐって、離れた所に立つ家へ向かう印象が強い。

外敵の侵入を、庭までは許しても、家の扉へ辿り付く間に
番犬が吠えたり、警備、番人が対処できる仕組みです。

しかし日本は違う、と言えるのではないでしょうか。
城壁や御堀に囲まれた、江戸時代のイメージよりも
家の出入り口は、比較的、道路に面した所にある。

前庭に対して、中庭、裏庭という位置の逆転があるので
もし、外国式に前庭を持っていたのが秦氏の邸宅なら

そこへ日本式の邸宅を建てたいなら庭は後ろ、家を前に。
庭木を移植する手間も減り、短期間で完成でしょう。

天照大神が左目から生まれた事に発する左優位。
しかし、秦氏の時代とは庭木の左右が逆になったので
左にあった桜は右に。

後鳥羽院を、春好みと書いた理由は和歌とともに
桜にまつわる出来事が挙げられます。
久保田　淳氏は　藤原　定家とその時代　（岩波書店）P170 で

　　南殿の桜は天皇の権威の象徴であった

と書いておられました。先の故事も含めて考えたい桜です。

柑橘系の、実のなる樹木というと静岡県人の私には蜜柑
ビタミンCは美容と健康に良い酸味。皮は漢方にもなります。

子供の頃、炙り出し、しませんでしたか？
白い紙にレモン、蜜柑などの果汁で字を書き、炙ると浮き出る。
第４章で紹介した謎々の「筆」で書く秘密の手紙のよう。

「四首合わせ」１４番での葉隠れ、烏天狗との関係も考えます。
子供の頃から勧善懲悪のチャンバラ、侍ドラマ好きなので
甲賀、伊賀の忍者が敵に盗られた時も安心の白紙、しかし・・・
そんな技、方法を使っていた場面を想像したりします。

氏族の橘は、藤原に排除されたとも言われているようです。

定家は藤原氏でしたが、九条家、藤原良経らに仕える立場で
彼の精神的な面を石田吉貞氏は
「藤原定家の研究」において無常思想という項目で紹介し

交友関係には宿曜師、慶算、良算、父子と交際があったとして
「八卦當年星、皆以重厄也」の文章も掲載しておられます。

この易経の考えによるものか「四首合わせ」６８番で

四季の循環と書きました。

六十四卦最後、６４番は　未済「火水未済　かすいびせい」
６３番が「水火既済」　で完了に読めるけど、将来に備える。

１番「乾為点　かんいてん」は循環して止まらない四季と同じ
締め括りから継続して、最初だから気を引き締めて行け。

定家の目は、明日を見て、同時に周囲への目配り気配りをも
怠る事は許されない、大変な勤めだったでしょうね。

古典、和歌での橘
川の中州に生きる橘が印象的な「源氏物語」の場面や
和歌では「たちば　な」から立場、を意識したりします。

最後の資料にした「新勅撰」の草稿再現案では
挿入歌の配置案、夏には橘が目印のように登場しています。

イ・ヨンヒ氏の著書「天武と持統」では
五行思想から天武天皇は「左」を象徴し、天智は「右」
という小林恵子先生の研究を紹介していました。

そして前述したように、天武は即位資格が無かったから
藤原氏による天智系統への回帰、という説がある歴史は
西の京都から東の鎌倉へ。

地図なら、権力の左右移動と言う事もできる桜に橘です。

第６章　後鳥羽院初度百首、採用表記の考え方

後鳥羽院の初度百首は主に２種類あると知られています。

　　「御集本」は「後鳥羽院御集」へ収載された物　１００首
　　「編纂本」は参加者、２０人以上を纏めた物で　１０３首

注目すべき第一は、歌数の違い、そして他の和歌と同じく
書物、底本の違いによって一句、一字だけ違う場合が多い事。

そこで、次に紹介している判断材料、検討例を作るのには
６種類を集めて表を作り「四首合わせ」の視点で選んだ結果

「御集」　に収載の歌を採用した事になりました。
夫々の歌の表記も一つの書物を使うとは言えない事からも
必要に応じて、解り易いような漢字を用いています。

古今集、新古今集では「らむ」へ統一したと推測される事から
後鳥羽院初度百首も、歌の最後にある場合「らむ」に統一。

勅撰集を意識したかの点で御集本「む」編纂本「ん」と
分けられるようなのですが、後鳥羽院「新古今」803 番「む」
この歌は「定家　八代抄」709番　で「ん」となっています。

混在の土御門院は勅撰集を意識してないと見る事はできます。
しかし同じ混在でも順徳院は　「む」　が一首だけ。
次ページの「古今集」紀貫之「ん」との関連も考えさせます。

他に８０番「わぶる、かね」を例にすると定家、家隆らを含め
数の多少、傾向を見て新編国歌大観収載の編纂本を採用した。

次は出版に際し「らむ、らん」の傾向を大まかに把握した物。

新編国歌大観　第四巻収載

「堀河百首」「ん」が多く「む」１８首程「らん」の併用あり。

「井蛙抄」５５１首中「む」で終わっている歌は４首
「新時代不同歌合」「ん」多く、２首「む」（天智天皇、教長）

「源氏物語」　　「む」６２首　「ん」３６首ほど
「伊勢物語」　　「む」のみ

新編国歌大観　第五巻収載　等

「土佐日記」　　「む」だけ
「蜻蛉日記」　　「ん」殆ど　４首ほど「む」（なむ、せむ等）
「紫式部日記」　「む」３首　とりてん、ならしけん　各１首

「俊成卿女集」　「ん」だけ
「時代不同歌合」「ん」３０首以上殆ど　３首「む」

「古今集」　　　「む」殆ど、１首「ん」冒頭No２　貫之
　　　　　　　　講談社学術文庫　底本　定家筆　伊達本も同じ

「新古今」　　　「む」だけ。「む」に統一したとも考えられる
　　　　　　　　岩波文庫　　底本　穂久邇文庫蔵

「千載集」　　　岩波文庫　久保田　淳校訂
　　　　　　　　「らん」　１１５首程　　「らむ」　１１首程

「新勅撰」　　　「ん」らん、けん、なん。かざさむ、ん両用。
　　　　　　　　岩波文庫　底本　穂久邇文庫所蔵
　　　　　　　　冷泉家旧蔵　為家筆　藤原定家自筆識語本など

採用表記と検討内容例示

３４番
なにとなく過ぎゆく夏の惜しきかな花を見捨てし春ならねとも

二句目から幾つかのパターンがありました。

1　夏の　　惜しきかな　　花を見捨てし　　春ならね

2　夏の　　惜しきかな　　花をろ捨てし　　花ならね
3　夏も　　惜しきかな　　花をろ捨てし　　花ならね

4　夏も　　惜しきかな　　花をち果てて　　花ならね

をみすてし、をちはてて
筆書きすると崩し伸びて読み間違うとは思えませんが

「をみ、をろ」では「み」と「ろ」は似てくるから
書写した人が歌を知っていたか問題となる部分です。

「夏の」の使い方は次のように良くあると思います。

　　　順徳院百首　　　風わたる春の氷の　　ひまをあらみ
　　　式子内親王　　　蓴さす　宿にも秋の　　たづねきて

後鳥羽院の３４番を　「名号」４２番と合わせた理由は
「名号」　袖の別れは、と結び付く所です。

後鳥羽院　　　過ぎゆく、花を見捨てる春
土御門院　　　花にわかるる、を勅撰集対象歌とした。
順徳院　　　　春、花、いく日もなき、惜しめ

そして同じ「なにとなく」の歌で後鳥羽院　　８４番は

43

なにとなく名残ぞ惜しき梛木のはやかざしていづる明け方の空

「名号」　４０番と　「四首合わせ」　　したので

３４、８４番は５０番離れていても合わせは２番違い。

次の式子内親王の詠を後鳥羽院のと見比べてみて下さい。
初句と３、４句「のは、る」が一致し、結句の「あけ」
「何となくの春明け」内親王へ合わせたかもしれませんね。

なにとなく心ぼそきは山のはに横雲わたる春のあけぼの

この式子内親王全歌集　　錦　仁編（株おうふう）　に
「四の緒　ヨツノオ」　が有ります。

つたへきく袖さへぬれぬ浪のうへ夜ふかくすみし四の緒の声

この頭注欄には、琵琶、平家へ繋がる平　兼盛

四の緒に思ふ心を調べつつひきあるけども知る人もなし

「四首合わせ」は同じ人物による作品を研究するに際し
前作の「三首合わせ」と同じ手法では、と考えたもので

第一選択、連想歌に「最勝四天王院御障子歌」があり
この行事への思い入れと待遇に、記憶も鮮明な定家には
四弦の琵琶、三院とで四人の発想だったかもしれません。

４３番
うす霧の　明石の浦ははれやらてさたかにみえすおきのつり舟

初句は「うす霧に」もありましたが「の」を採用

次の４４番２、３句も「ははれ　きのつ」が同じ位置

　　あさゆふきりははれす　　　あきのつきかけ

４５、４６番に「きのつき、紀の国の月」もあります。

区切る所によって別の語が見えたり、句をまたぐ方法は
「古今集」の「物名」に幾つもの例があります。

４８番
夕くれは寂しきものかよもすから月をなかめてうちちらんほと

うちねなむほと、うちちらんほと。２種類ありました。
「四首合わせ」対象外ですが連続性をみるに全部検討。

採用した「うちちらん」
３４番「花をちはてて」にも通じると思います。

　　なにとなくすぎゆく夏も惜しき哉花をちはてて花ならね共

「うちちる」は定家「六百番歌合」と西行「山家集」

　　狩ごろもおどろの道もたちかへりうちちるみゆき
　　いとへどもさすがに雪のうちちりて月のあたりを

桜が雪や雲とも見られ表現される和歌なら、散り方も
「雪」に似ていると観る事は十分に考えられます。

45

すると初度百首でまとめられた行事別の編纂本は
「御集」の誤りを訂正しているように考えられる部分と
稀な表現だから変更した可能性が無いとは言えません。

「うちちる」を採用すると物悲しい秋の心境を夜通し
月を眺め「花が散るように」自分も伏せると読める。

対して「うちねなむほと」は
直接的で簡単な言い回しと言う事もできます。

定家の「西方の海の」が「わだつ海の」に変えられたのは
没後の「続千載和歌集」

理由として「字余りの解消」によって歌の調子を整え
読み易くしたのだろうと言われているから、ここで
例示した違いなどは、ほんの一例にしか過ぎないのです。

５６番
秋くるる鐘のひひきは菅原や伏見の里の冬のあかつき

結句に「あけぼの」もありました。しかし
５５番「あき」　５７、５８番「もみち」と「赤」の歌群。

冬の初め５６番「秋は、暮れる」として詠み出すけど
「冬」を入れて季節の変わり目を字で見せながら
５９番で、やっと水が氷る様子、６２番からの白い「雪」

「紅白」を色づけるので「あか月」しかないと思います。

７６番
古にたちかへりけん心さへ思ひしらるるまつよひの空

「たちかへり　ける」　と　「けん」がありました。

「名号」４９番との「四首合わせ」において
後鳥羽院の「たち」は「太刀」と読めます。
土御門院の「弓」は「ひくらん」から「けん」

８１番
これまても旅の寝さめは哀れなり賤が男が身も心こころに

定家卿独吟
年くれて松きるしつの身のうへにをひてそ帰る嶺の嵐を

ここでの「しつ」は貴賤の賤であると判り易いですね。
後鳥羽院の下の句には次のような物が有りました。

　しつかをかみも、しづがをがみも、しづがおかみも

漢字表記するなら上記の「賤が男が身も」などが可能。
静（しづか）を神も、おかみ（水神）も含むでしょうか。

注目したのは「しつか、かみ」「こころ」の繰り返し。

そこで「しつか」へ「静御前」を関係付けて調べると
頼朝に対立する行動を取った、源　義経の妾でした。

吉野で捕らえられ鎌倉で生んだ義経の子、男児は
直ぐに殺されるという悲劇の後、帰京したそうです。
何故、吉野だったのでしょう？

47

関　祐二著（新潮文庫）「藤原氏の正体」P274からの
「平安王朝が空海や安倍晴明を求めたわけ」　として

　　鎌倉仏教を支えた僧たちの多くが、比叡山や熊野といった
　　「修験の山」と深く結び付いていたことを無視できない。

と書いておられるように、鎌倉、源氏との関係があった
から守って貰おうと考えたのは自然と思います。

白拍子としての美しさ、詠んだ歌に繋がる源　義経。
義経に見初められた住吉では巫女のように「雨乞い」

神がかり的な伝承もあるようですが、ここも住吉の神が
縁を結んでくれたのか、一週間、１０日も降らなければ
降っても良い頃だったのか、だとしたら強運ですね。

保元平治に、源平の戦いから１５年後の初度百首。

２０才になっていた後鳥羽院を含めて、京都の公家も
「しづか　静」の歌を知っていたでしょう。

　　しづやしづしづのをだまきくり返し昔を今になすよしもがな
　　吉野山峰の白雪ふみわけて入りにし人の跡ぞ恋しき

後鳥羽院の歌は「旅」の一首目で、前は「恋」が１０首
旅は後「岩田川」「音無川」熊野から「なきのは」へ。

頼朝と北条政子の縁ある伊豆権現か熊野三山の神木
「梛木」と思われますが、細葉でも鹿が食べない鹿除け
修験、商売、山歩きでは虫除けとともに重宝だったでしょう。

勤めていた製薬会社の保養所が伊豆山に在りました。
住まいする富士市から近く、熱海の美術館で開催される
能楽、狂言鑑賞の趣味もあったので何度も訪問しましたが

「さ夜」とくれば同じ静岡県内にある「小夜の中山」
静岡の地名は「賤機山」から来ている事も考えに入れて

蒲原の馬屋があった辺りの三保の松原に「羽衣伝説」
伊豆、熱海など幾つかの光景や人を連想しながら読めば

歌は８１から８４番、８５番は姫路の北、兵庫県佐用の
朝霧が見事な雲海になる「平松」があり歌群は「山家」へ。

ここは滋賀県湖南市（旧甲賀）美松山も考えられますが
義経と静御前の出会った「住吉」は、役目を終えた斎宮が
伊勢からの帰京前に寄って、身を清めたと言われます。

後鳥羽院は「旅」の２つ前、７９番「住吉」があるので
何となく義経たちの動きを辿ったようにも思えるから
８５番までの位置が解り易いように、まとめました。

８０番　　さ夜　小夜の中山
８１番　　しつか　静御前　伊豆山

８２番　　岩田川は、石田とも書かれた昔の呼称
　　　　　果無（はてなし）山脈に発する富田川の中流。

　　　　　中世は、熊野という浄土の地にあって儀礼的に
　　　　　岩田川で、一度死ぬ必要があったという。

８３番　　音無川は、その熊野川上流の呼称
８４番　　なきのは　梛木　鹿除け　伊豆権現、熊野
　　　　　　赤白二龍は、伊豆山神社のシンボル

８５番
平松はまたくも深くも立ちにけり明けゆく鐘は難波わたりに

49

「平松、引く松」「雲、霧」　がありました。

「くも、くも」から「は、わ」　とリズミカルです。

「名号」にある　「難波のことも辛き」　から考えて
平松を調べると兵庫県、佐用郡佐用町にあります。

二句で詠まれる「雲」
歌から想像する光景のまま晩秋から冬に掛けての朝霧は
「大撫山（オオナデサン）」　からの見事な雲海を撮影する人
こぞって集まる写真家に人気のスポットでもあります。

歌群は「山家」へ移る事ができるとも言えますが
迅速な情報伝達を可能にした馬と道路、と前述したように
「平松」のある佐用は、赤穂から真っ直ぐ北。

関西から山陰、山陽への交差点、という意味では
山陰の鳥取市へ近道、赤穂へ山から入れます。

地図で見た時、養鶏場があったので
当時の鶏、闘鶏などについても調べたりしましたが
平松には地鶏もあります。

この他、前述している滋賀県、湖南市の美松山
「平松の美し松」　は平安時代の藤原頼平と
健康回復、招福伝説があるそうです。

「ひくまつ」によれば松の新芽を引き抜く行事を言い
藤原頼平の古事「平松」を知る必要がないですね。

前作で書いた「百人一首」を例にできます。
静岡県、興津を知らなくても「沖」で良い「おきつ白波」

私が扱っている時代は、源平の戦い１１８５年から１５年後。

50

源　頼朝の歌に高い素養、才能が見られた事は
政治権力のみならず、文化力まで失う心配も出てきたとも
言えるのではないでしょうか。

久保田　淳著「藤原定家とその時代」岩波書店
P103からの「頼朝と和歌」では
慈円と、７７首のやり取りが在った事を紹介しておられます。

後鳥羽院が初度百首を開催する、たった５年程前。

「ひらまつ」を「ひくまつ」へ変えた理由を考えれば

・「平松」の話を知らなくても判り易いよう変えた。

・７６番の「たちかへりけむ」を「太刀」と考えて
　「弓を引く」へ結びつける「ひくまつ」へ変えた。

逆に「引」を「平」へ変えた事も考えるべきですね。

鎌倉へ反旗を翻す、弓を引くと受け取られないよう
配慮する何らかの事態が生じて変えた可能性です。

同様に９０番の煙を「狼煙」と受け取られない為
煙が「絶えない、立たない」を変えた可能性も。

ともかく８５番は「名号」６７番と「四首合わせ」して
「平松」なら６６番の「まつ」が共通語です。

そして６７番「芦、ね」と後鳥羽院に「松、鐘」

他の２院も草木の類「芦」が詠まれているから
「四首合わせ」と連続性により「平松」と考えます。

51

このように「ひらまつ」と「ひくまつ」は
一字の違いから場所と行事の大差が生じましたが

新編国歌大観の　「ひらまつ」　を採用し
「くも、きり」の違いは「四首合わせ」によって「くも」

66　あまつ風乙女の袖にさゆる夜は思ひいでてもねられざりけり

鳥）月夜には来ぬ人待つといとひてもくもるさへこそ寝られさりけれ

67　身をつくしいかに乱れて蘆の根の難波のことも辛き節ぶし

鳥）　平松はまた雲ふかくも立ちにけり明けゆくかねは難波渡りに

虫の蜘蛛と、空の雲、心の曇り、３つが掛かっている「くも」
百首歌として、７２、８５は、１３番も離れていますが
「四首合わせ」は前後「くも」の「いと」で繋がります。

52

９５番
白山の杜の木陰にかくろへてやすらにすめる雷の鳥かな

　　白山のもり、白山の松、白玉の松　がありました。

「四首合わせ」は、どれでも支障ない、３院「ま揃い」

興味深い事に土御門院が「むば玉の」と始まるので
「白玉の」なら父子は「玉の」を共通語としたはず。

「らいの鳥」とは「雷鳥」ですから単純に
現代「はくさん」と言われる「白山」ではないでしょうか?

「らい」は白山信仰とともに、一般的な「雷」の他
「来」を用いた「鵺」もありました。
渡り鳥でなくても食物を求めて移動する様子が見えますね。

「雷」は悪天候の中で餌を採る習性から来ているそうで
敵が少ないから、かえって安全。なるほど、納得です。

「白玉の」は「涙」に掛かる枕詞です。
四首合わせした「名号」３５番は次から分類が「旅」
まして歌に「葉山」があり、院たちを繋ぐのは「山」です。

後鳥羽院の二句　「もり、松」　において

「四首合わせ」した「名号」３５番は「つるの林」
後鳥羽院が「松」では林と森、共通の場が無くなるので
次のように名号との連続性からみても「白山のもり」でしょう。

３４番　「わたし　もり」
３５番　「つるの　林」へ後鳥羽院「もり　のこかけ」
３６番　「葉山」

53

底本の違い等による、位置、表記違いの例。

A　古今集における、各種　底本の違いによる、位置違い例
　　　　「古今和歌集」久曾神　昇校正　講談社学術文庫

　　つらゆき
　　みちしらばつみにもゆかんすみのえの
　　　　　　　　　　岸におふてふこひわすれぐさ

志香須賀本には701の次にあるが
基俊本、俊成本(永暦本)には
この位置にあり、俊成本は墨滅となっている。

それから「書陵部本」には、として
次の表記違いも紹介して下さってます。

２３５番　ただみね
人の見る事やくるしきをみなへし　秋ぎりにのみ　たちかくるらむ
・・・　ことやさびしき　・・・　霧のまがきに　立ちかくるらむ

これらの事からも、後鳥羽院初度　７９番　「恋忘草」　が
本歌取りかどうかは別として

・　貫之の歌を知っていたと考えられる
・　勅撰和歌集の全部「墨滅歌」を含めて、御殿に有った
・　当初は、本文７０１番あたりに配置された

　　などが考えられますね。

B 「千載和歌集」久保田 淳校注 岩波文庫 解説P333

現存する「千載和歌集」の伝本は
知られているだけでも約百三十種を超えると思われる。

C 後鳥羽院７８番に使われたのと同じ「さりともと」に関して
式子内親王全集を再読して確認したのが、次の変更です。

さりともとたのむ心は神さびて久しくなりぬ賀茂の瑞籬
さりともとまちし月日ぞうつり行くこころの花の色にまがへて
有明のおなじながめは君もとへ都のほかの秋の山ざと

下の２首が 「新古今」 では
「色にまかせて」「都のほかも」と変更表記されています。

印刷機が無く、紙に墨筆で書き写していた時代。
著作権など言葉もない時代を経て、かつ多くの人の手を介した。

そこから生じる多彩な状況を思いやる、恣意的改定も考えて
読む必要がありますね。

定家の歌でさえ変更されている事は本文中でも触れました。
続千載和歌集 での一首目
この三句目は 「よものうみの」 がオリジナルです。

いづる日のおなじ光によものうみの浪にもけふや春はたつらむ

和歌集では 「わたつ海の」 に変更されている理由として
「わたつみの」 ５音で読めるからだろうと言われています。

55

例として挙げた事、言語的な部分として関係すると思われるのが

額田王の歌、イ・ヨンヒ著「天武と持統」（文芸春秋）

かからむとかねて知りせば大御舟泊てし泊まりに標結はましを

シメユ

「かからむと」　の原文　「如是有刀」
「刀」は「乃」でも意味は同じと説明してくれています。

「乃」は「ネ」と言い
親しい間柄を感じさせる言い方となるだけであり
「置」の代わりに「刀」を用いて
殺人が在った事を暗示していると。

武光　誠氏の「大人のための古代史講座」PHP文庫　P135

箸と橋など、同音の語と音の高低で区別する用語は
日本語とマレー、ポリネシア語族の言葉だけにみられるものだ。

また、日本語とチベット・ビルマ語族の言葉は
歯と刃と葉を同じ音で表す点など多くの共通点をもつ。

ここで章の最後に
「平松」　の使用例として自作和歌を紹介します。

平松にかすみたちゆく春はきぬまだ白雪のありと思へど
春くれば霞たちゆく平松に色香をそふる花は咲くらむ

第7章 「四首合わせ」詳細解説

資料部を簡潔にすべく、何番か選んで検討内容を紹介します。

１番
名に高き天の香具山今日しこそ雲井にかすめ春や来ぬらし

土御門院　１番
朝あけの霞の衣ほしそめて春たちなるるあまの香具山

順徳院　１０番
秋かぜに又こそとはめ津の国のいく田の杜の春の明けぼの

　　定家の詞書に「はじめて」とあります。
　　ここが後述する「袖」の利用初めとなりました。

後鳥羽院　１番
いつしかと霞める空の景色にて行く末とほし今朝の初春

現代の私たちにも分かりやすく始まるのがポイントと言えます。

歌集へ込めた事を、一首目、つまり初まりを判り易く。
数字の 「１」 で揃え、文字なら 「はじめ」 が肝心だと。

７０首しかない歌集に詠み込まれた「しるべ」となる言葉を
最後には「たがふな、間違えるな」とまで詠んだ作者　定家。

同じ人物によって集められた「百人一首」は、前作において
２首一対に組み合わせ、四季、雑、恋に分類できました。

その後に出版を考えて纏め始めた「名号七十首」の謎。

57

前作で 「物語二百番歌合」との「３首合わせ」 によるとして
「百人一首」が「歌合」の判詞とまでは言えないが
好みは分かると述べました。

そして「詞書」がポイントとなった物があります。

例えば「後百番歌合」３７番は詞書に「尼君」とあるので
春過ぎて夏きにけらし・・・ あまの香具山、を合わせました。

そして今回の作品を纏めるための再検討や確認にと
「百人一首」を判詞にすえて勝負を考えた時も「あま」の勝。

このように、前作での持論を確認しつつ進めていくと
まず最初が肝心と言うから

・歌を始めたばかりの子供でも敬遠せず
・歌を合わせながら覚えやすいようにしたと考えられました。

３１番は「法文」の一首です。

あかねさす光はみねを照らせども麓にくらき山の朝霧

後鳥羽院　１００番
ちはやふる日吉の蔭ものどかにて浪をさまれる四方の海かな

土御門院　９９番
しづかなる心の中も久かたの空にくまなき月や知るらん

順徳院　　８３番
雲井にもたが関もりのまもるらんかよふ心の中のへだては

　　「あかねさす」と詠い出せば「万葉集」額田王。

あかねさす紫野ゆきしめのゆき野守りはみずや君が袖ふる

一般的な読み方なら天武天皇と恋仲だったかもしれません。
袖を振って合図したりして、監視員に見られちゃいますよと
からかって遊んでるように言いながら、秘密めいた関係。

同じ合図でも、権力争いの時代では、どんな意味かと
様々に考えられる歌には違いありませんね。

枕詞「あかねさす」

茜色に映えるの意から「日」「昼」「紫」「照る」
「月」「君が心」などにかかる。（古語辞典より引用）

定家の「あかねさす」は、まず単純な上下が有ります。

上は太陽で明るく、下は朝霧が掛かって暗い。
しかし「くらき」の平仮名へ注目すれば、現代でも

「物事に対して明るい暗い」と言う事に気が付きます。

１１８５年　平家が没し、１１９２年　源　頼朝が征夷大将軍
パワーバランスが西から東へ移動した。

情報に通じている、明るい暗いが生死を分けたり
家の存亡にも大きな影響を与えたに違いありません。

定家のように、関東の有力者と親戚になった人も
そこへ至る道は並々ならぬ物があったはずです。

たとえば、武士でも実朝のように雅な世界に憧れて
和歌に興味と才能のある人がいました。

定家は、書写した古典の和歌集を送るなど尽力しましたが
鎌倉では毎日と言えるほどの権力争奪戦、殺戮までも。

今なら機械がしてくれるコピーも、手で書き写すのだから
家族が手分けしても、危険を感じつつ大変な作業でしょう。

公家にとって同じ町、京都にあった「都」がなくなって
貴族の時代も終わり、のちに「定家の藤原」も無くなったが
子孫　「冷泉家」　が存続している事は偉業と言えますね。

ここで定家の３１番を再度表示してみます。

　　　　あかねさす光はみねを照らせども麓にくらき山の朝霧

「みね」は「御根」と読んで子孫に注目させます。
定家が７０首を完成した頃が７６歳なら

後堀川院１２３４年崩御、四条天皇から、後嵯峨天皇は
土御門院の皇子、その血筋が継承して現在の皇室へ。
菊の紋章とともに絶えず続いているのです。

その土御門院　９９番、名号３１番を並べてみます。

　　しづかなる心の中も久かたの空にくまなき月や知るらん

　　あかねさす光はみねを照らせども麓にくらき山の朝霧

土御門院「久かたの」は「百人一首」に選ばれた「光」
久方の光のどけき春の日にしづ心なく、を連想します。

光だけ、蔭が無い「くまなき」と言いながら
影を含むとも感じさせる、しづかなる心の中。

　一方、定家は直接的な単語で判り易い歌と言えます。
「光」は峰、山の上を照らすが、下、麓は「くらき」

出家していた定家は「しづか」を用いた「明静」が法名。

心穏やかならぬ歴史に翻弄されながら
平静を保ってこられたのも、政治事件に我関せずの態度
歌の道一筋を貫いていたからだと想像できますが・・・。

私は、2015年に前作の「百人一首」恋の部５０首を用いた
文芸作品「恋文」をインターネット公開しましたが、その中で
「さしも知らじな燃ゆる思ひを」の部分を短文化するに際して

物差し、米差しなど「測定具」を連想して貰える文にしました。

そんな心の中は測定器具を差し込んでも測れない。
だから推測、思いやる事は必要だが、胸の内、本音は？

61

次は後鳥羽院と並べてみます。

　　あかねさす光はみねを照らせども麓にくらき山の朝霧

　　ちはやふる日吉の蔭ものどかにて波をさまれる四方の海かな

「ちはやふる」と詠みだせば「神代も」と続く竜田川の歌
「百人一首」が出てきます。身動き取れない恋や
身の上の苦しさ、もどかしさ、などを掛けた歌ですが

院の「四方の海の　波が収まる」状態は「凪いでいる」
帆付き船なら、真帆にしてでも「風を待つ」ならば
出航が遅れる事になりかねません。

定家のと同じ明暗　「日、蔭」　として入っていますが
風が無い海辺の、静かさ、穏やかな光景も見えてきます。

次に、兄弟を並べてみます。

順徳院は兄の土御門院と「心の中」で結ばれるし
詠んだ内容も、似ていると思います。
ここは「袖と順徳院百首の重要性」として後述しました。

兄）　しづかなる心の中も久かたの空にくまなき月や知るらん

弟）　雲井にもたが関もりのまもるらんかよふ心の中のへだては

弟、順徳院は流刑地での詠だと、心して読むべきですね。
流刑後も続く京都人との交流を隔てる事は出来ない。
和歌を詠む事で、気を強く持たせているとも感じられます。

上の句　「雲井にもたが関守の守るらん」
鎌倉幕府となった後、かつての雲井「宮中にも」と読み

62

「たが関守の」をアーネスト・ヘミングウェイの
「誰がために鐘は鳴る」の「誰　For Whom」に聴けば

自分であって、思いのままにならない監視下での
身動き取れない辛さも感じます。

父、後鳥羽院の「ちはやふる」が導く竜田川の歌は

唐紅に水面を覆う紅葉も美しいけれど、二人の流刑地
隠岐と、佐渡島では寒い冬がくる知らせとなります。

雪に閉ざされた白く寒い所で、括(ククリ)り染めならまだしも
自由を拘束されていたのです。

３５番は　「法文」の最後です。

つるの林なくなくおくる涙にやよもの木くさも色かはりけん

土御門院　９７番
むば玉のさめても夢のあだなればいやはかななる袖の露かな

順徳院　　９９番
くるるまも頼むものとはなけれどもしらぬぞ人の命なりける

後鳥羽院　９５番
白山の杜の木陰にかくろへてやすらに住める雷の鳥かな

順徳院　「しらぬ」に「しら・白」を見て「白黒合わせ」

後鳥羽院　「しらやま」　は現在　「はくさん」　と言われ
「色」　との関係が判りやすいよう　「白山」　としました。

富士山、立山とともに日本三大霊山の一つだそうです。

「法文」　最後で　「つるの林」　が漢字なら分かり易いけど
「鶴の林」　は仏教の釈迦が亡くなった、入滅した時に

沙羅双樹が鶴の羽のように白く変色した言われがあり
「鶴の毛衣」　というと定家の愛読書　「源氏物語」

　　　千年をかねて遊ぶ葦鶴の毛衣に思ひまがへらる

という部分が、古語辞典にも引用されていましたが
平仮名の「つる」で他の意味を考える事にもなりました。

８番「ほととぎす　四羽」の所で３５番「つる」は鳥の鶴と
番号３＋５＝８　へ結びつけていたかもしれないと書きました。

この合わせで「つる」は「弦、蔓」とも読めます。
「琴の弦つる、げん」　から冒頭の挨拶に書いた琵琶の弦。

３５番は前述のとおり題詠でも　「法文」　の歌です。

　つるの林なくなくおくる涙にやよもの木くさも色かはりけん

仏教用語「つるの林」を含み
先だった人達を「泣く泣く」見送る様子と、生存者の慟哭

これらを「涙で色変わる袖」という一般的な物ではなく

釈迦の故事と、場所として鶴の住む林、　草木の多い所
いくつもの事を想像させながら文字の「色」も見せている。

一条院と皇后宮を言っているようにも思えますし
「源氏物語」の柏木と、女三の宮も連想できますね。

４５番は「名所」

あづまぢやなげのゆききにかげ見せよ浜名の橋の下のうきなみ

鎌倉時代に「東・あづま」とは鎌倉の事を指したそうですが
「なげ　の　ゆきき」とは何か？

「なげ」を古語辞典で調べると
無げ、なげやり、いい加減、仮初め、上辺、表面的など。

インターネットで「なげ」を検索すると
「投げる」という言葉から、幾つかの地名がありました。

「猿投　さなげ」愛知県豊田市猿投
ヤマトタケルの父親に纏わる、猿を崖から投げた話。

猿、と言えば「古事記」に「サルタヒコ」が登場します。

　　「輿玉神とは伊勢の地主神サルタヒコを指すとされており」
　　と紹介して下さっているのは「伊勢神宮とは何か」
　　植島啓司　著　集英社新書ヴィジュアル版　P136でした。

伊勢神宮の在る三重県の二見町と隣の鳥羽の対岸
伊良湖岬、渥美半島は天橋立と似た形状の細い陸地です。

インターネットがある西暦2000年代に生きているお蔭で
自宅に居て、伊勢から富士山が見えた日を、その日の内に
写真付きニュースで知る事はできます。

源平の勝敗を決した、と言われている熊野水軍ですが
伊勢の人達は、豊かな海産物を京都へ運んでいました。
渥美半島、伊良湖岬への行き来も盛んだったでしょう。

歌に詠まれた浜名湖のみならず、海や湖にある「橋」は
船着き場、艀（ハシケ）　の意味を持ってきます。

「なげ　のゆきき」を考える情報収集においては、他に
野毛、能毛　、芒、野木、乃木、等の標記も知りました。

「ヌケ、ナゲ、ニゲ」　などと読み
鎌倉に近い横浜市中区野毛町は海岸も目の前です。

これらの読み方によって
「なげ　のゆきき」は東へ行く途中にある場所への往復。
かつ「浜名の橋」当たりで「かげ・姿」を見せてくれと

「なげ、表面的」　で　「投げやり」　な心も見せるから
心情は消極的で行きたいわけじゃない、とも考えられます。

京都から鎌倉。移動時間はどれ程だったか。
現在の陸路で地図をみると、国道を京都、大津から亀山へ

・　北上して名古屋から南へ渥美半島へ

・　第5章での「古事記」　ヤマトヒメと同じルート
　　南下する伊勢道から船で渥美半島に渡り

ともに海沿いを向かえば、浜名湖に掛かる橋があります。

私は１９８５年頃、会社の夏季休業中に伊良湖へ行ったとき
帰路に、海沿いの国道を通って、浜名の橋を渡ってきました。

名古屋まわりなら、豊田市猿投は中ほど、少し行くと浜名湖。
橋から姿を見せてくれれば、挨拶して引き返せると
お経の文句を頭に詠っているのに、少し笑える本音の吐露。

「浜菜」であれば名の通り食用となる野草、一般に海藻とも。

万葉集3243　（岩波文庫ワイド版　新訓万葉集　佐佐木信綱編）

　　阿胡の海の荒磯の上に濱菜つむ海人處女ども
　　アゴ　　　　アリソ　　　　　　アマ　オトメ

浜名湖も大きさからすれば、海にも感じられるけれど
「浜菜」を連想すれば、海藻から磯の香りがしてきます。

「うきなみ」に、特別な単語や意味があるかを調べたら
「うき」には「泥土」どろ深い地、沼地の意味がありました。

新古今集　恋二
つれもなき人の心のうきにはふ葦の下根のねをこそは泣け

ここで定家４５番と、　３院を並べます。

あづまぢやなげのゆききにかげみせよ浜名の橋の下のうきなみ

土御門院　３番
白浪のあとこそ見えねあまの原かすみの浦にかへるつり舟

順徳院　　２３番
夏の日の木のまもりくる庭の面に陰までみゆる松のひとしほ

後鳥羽院　２２番
来るかたへ春しかへらばこのころやあづまに花の盛りなるらむ

　　　　数字も、２、３、４５、と並びました。

68

最後は「山家」から　５４番

たてもしもぬきも露もて織る錦たのむかきねの心弱さよ

土御門院　５９番
おしなべて時雨れしまではつれなくてあられにおつるかしは木の杜

順徳院　　７番
あさみどり霞の衣吹くかぜにはつるるいとや玉のをやなぎ

後鳥羽院　６７番
このころの常盤の山は甲斐もなし枝にも葉にも雪し積もりて

４８、４９番では　「ときは」から「常盤」によって
左、右大臣を導き、前後の番号を繋いでいます。

そこから考えて後鳥羽院の「ときは」は「甲斐も無し」
常緑樹林は落葉しない、緑なす山であるはずなのに
雪で隠れたら甲斐がないと読めば面白いですね。

息子２院の　　「袴、誰」　　「命かけたる、蜘蛛の糸」

誰かを命の綱、頼みにしていたが、垣根は心弱く
「錦」　を贈った甲斐もない、という話が出来てきます。

後鳥羽院には
「頼る」と「待つ時間を計る月」を詠んだ歌もあります。

初度７４番
この暮れと頼めし人は待てど来ず二十日の月のさしのぼるまで

新古今集１１９７番
たのめずは人をまつちの山なりと寝なましものを十六夜の月

ここで「名号」５４番を読んでみましょう。

たてもしもぬきも露もて織る錦たのむかきねの心弱さよ

織る錦、から布、織る事に関係しているとして、読み取り例

縦も霜、横も露持ちながらも織る錦

下の句は「頼む」によって、錦を贈り物に持参するとか
依頼しに行く光景を思い浮かべるのが良いと思います。

しかし、 心弱いと嘆く「かきね」は何か？

私は子供の頃から手芸も好きで、簡単な染物もしますが
「かき」というと「柿渋染め」の帽子と財布を持っています。

題詠「山家」の「かき」は、柿の実の目立つ橙色とともに
むかしは　「山伏」　が着たと言う、衣類の茶色は、迷彩色
にもなったと想像できます。

次に「かきね」
「杵臼」の「杵」を連想すると紋所の名もありました。

私が住む静岡県富士市には「甲子（キノエネ）神社」もあるので
木根、巫女の「巫」の読み方「き」へ情報を増やしながら
「かき、きね」２つに読み、聴く事ができました。

一般的な「垣根」は家などの周囲にめぐらして区分け、保護に
頑丈で壊され難いように作るにも財力がいります。
「心弱さ」 とは人の勢力、発言力も含むのでしょうか。

第8章　「袖」と順徳院百首の重要性

「四首合わせ」詳細解説で触れた「袖」
今の時代なら「舞台の袖」が同じ意味でしょう。
和歌集にあっては、本文としての歌と歌の間、余白です。

題、宛先を書いたり、詠んだ理由などの書き添え、判詞
などが書かれる部分で、ここを最大限に生かしたのが
「順徳院百首」　と定家による　「詞書」　です。

兄の土御門院は「新勅撰」編纂時、他界していました。

新しい歌は出来ないが、若い頃のエピソードは伝えられ
家隆が、作者を伏せて判定を依頼し、定家は絶賛したほど。
だから勅撰集への入選を検討しないはずがないでしょう。

何年か前に、草稿再現を試みるにあたり、歌数が多くて
手始めに取り組みやすかった後鳥羽院、順徳院の歌

合計５０首ほどを選歌して「百人一首」の研究で培った
連続性によって挿入してみた事があります。

新勅撰和歌集草稿からの削除数を「７０」と考えるのは
書いてあるからと単純かもしれませんが、３院２０首前後
これならバランス良い数であり、課題は選歌方法のみ。

詠み込まれた用語は、鎌倉幕府を刺激しない歌。
配置も慎重に考えたに違いありません。
選歌する定家の好み、用語について触れましたが
歌へ込めた思いも大事です。

一人は既に亡く、二人は流刑中の院たちの立場と心境
それらを加味した歌も、選択肢になると思います。

この点で、佐渡の順徳院が、勅撰集の事を伝え聞いて
参加に意欲的だったと考えられる記述が「明月記」にあり
京都の歌人だって、もっともと考えたに違いありません。

「順徳院百首」の製作完成時期を確定できなくても

・ 「明月記」の記載

・ 京都や、鎌倉の要人たちは「新勅撰」入選を目的として
　「百首歌」を開催していたから、後鳥羽院や順徳院もと

考えるのは自然なことだと思います。そして、そこから

勅撰集へは「百首歌から」が自然な選択肢と思います。

土御門院は、亡くなっていた点も大事でしょう。
若い頃のであればと比較的、楽観視していたかもしれない。
しかし例外なく削除されて、一首も入らなかった。

浅沼圭司　著「＜よそ＞の美学」（水声社）は
副題に「亡命としての晩年と芸術家のくわだて」とあり

「よそ」の語を用いた定家の再読として始まりますが
「他所、余所」などと漢字変換できる「よそ」は、定家の他
「順徳院百首」７６番などにもあります。

他人事、よそ事ではなく、自分を含めた物事に対して
多角的とか第三者的に観る、事も大事ですね。

このようにして順徳院の兄、土御門院の歌を鑑賞すると
性格が大人しいとか、気弱だというような理由から
早々と弟へ譲位されたように伝えられてるものの、歌は

- ・　平安貴族の色艶を受け継ぎ
- ・　上位者に必要な強さ、兄としての自覚。
- ・　物事をはっきりと言う性質

などが読み取れます。
「新勅撰」の草稿再現へ向けた思考プロセスとしては
他界した兄と、存命中の弟、の関係で観る必要もある。
それらを念頭に２人のを読むと、驚くほど結び合います。

１番からノートへ並記し、共通語を○で囲み、線で結ぶと
弟が、兄の歌へ合わせて作ったように見えてくるので
「順徳院百首」は意識的に「土御門院百首」へ合わせた
と考えられるようになります。

たとえば５７５７７各句の
頭、途中、後ろへ合されたかの単語「の」「に」
結句を同じように「らん」「らむ」としている。
同じ方法で、同じ番号同士や、前後の歌も繋いでいます。

そして歌集の余白「袖」に注目しなくてはならないのです。

「定家による判詞」が、順徳院の歌へ単語を補うようにして
言の葉を糸で繋ぐ時の紐通し穴になっているので、次に
語句と繋がりを紹介し、項目を終わります。

土御門院、順徳院の「百首歌」を
１番から「２首一対」として、詞書が結び付ける例

1　６１番　順徳院の詞書に　「翅」　があるので
　　　　　　６４番土御門院「はかひ　羽交ひ」へ結びつく

2　７８番　「みち、行人、怨」などが書かれているから
　　　　　　８０番　では、土御門院　題「恨」と結びつく

3　８４番　「陽」　が書かれているので　「ひ」音が
　　　　　　８７番　土御門　「ひのくま川」　へ繋ぐ

4　８６番　「ひびき」「山」があるので
　　　　　　土御門「岩がね」は「が峰」の他「鐘」も聴く

5　９６番「葉」があるので
　　　　　　土御門９２番「草のは」　９８番「紅葉」を繋ぐ

順徳院の百首が、土御門院との歌合せを意識していたか
２首一対で、同じ番、前後が結び付く例を挙げます。

1　６１番　３句　３音目「の」　　最後「に」
　　土）　難波えや　すみうき里の　あしの葉に
　　順）　清見がた　雲もまがはぬ　浪のうへに

2　６２番　初句　「の」
　　土）　夕ぐれの
　　順）　みだれ蘆の

3　68番　2句　出だし音「さ」
　　土）　よそにても　さびしとはしれ
　　順）　ながめやる　さとだに人の

4　82から83番　「らん」から「らむ」へ繋ぐ
　82 土）　いく世へぬらん
　83 順）　雲　はらふらむ

5　82から84番　2句7音目　「の」
　82　順）　きえやらぬ　　ならはし物の
　83　土）　呉竹の　　　　夜わたる月の
　　　順）　雲井にも　　　たが関もりの
　84　土）　むかしたれ　　すみけん跡の

2首一対での、同じ番号にある共通語の例

1　　6番　「白」　　しら、白
2　78番　「紅白」　しら露（白）　あか月（赤）
3　79番　3句目　　しほるる、しまるる
4　80番　2句目　　「袖」　まく、まき
5　96番　「秋」で始まる。2句目　かへて、返す

後掲の資料部に、2院だけ並べた2首一対は有りません。
歌をノートへ書いて、共通語や、繋がりを見つける遊び
知的ゲームを楽しんで頂けたら幸いです。

四首合わせ

「春」

1
名に高き天の香具山今日しこそ雲井にかすめ春や来ぬらし

土御門院　　1番
朝あけの霞の衣ほしそめて春たちなるるあまの香具山

順徳院　　10番
秋かぜに又こそとはめ津の国のいく田の杜の春の明ぼの

後鳥羽院　　1番
いつしかと霞める空の景色にて行く末とほし今朝の初春

「1合わせ」
詳細解説したように順徳院は詞書に「はじめて」があります。

2
百千鳥こゑはそながらあらぬ身の宿とも知らず匂ふ梅が枝

後鳥羽院　　2番
春来てもなほ大空は風さえて古巣恋しき鶯のこゑ

順徳院　　11番
花とりの外にも春の有がほにかすみてかかる山のはの月

土御門院　　11番
鶯の木づたふ木にも春雨のふる巣恋しき声ぞ物うき

「2 合わせ」

息子たちは 11 ＝ 1＋1 ＝ 2

11は漢数字の一般的な縦書きで 「土」 に見えますが
次の番、まず土御門院の2番がきます。

3
あづさ弓春のねのびの小松原ひく手に深き千代の色かな

土御門院 2番
しら雪のきえあへぬ野べの小松原ひくてに春の色はみえけり

順徳院 3番
降りつもる松の枯れ葉のふかければ雪まもおそき谷の陰草

後鳥羽院 3番
霜枯れし野べの景色も春くれば緑もうつる雪の下草

「緑 4首」または「千代の松原に降る白雪3首」

定家が、土御門院に合わせ、順徳院も合わせたか
合わせてと、定家が添削指導したのかもしれません。

4首目に「名号」を作った可能性を考えたい所です。

定家「ねのび」は干支の鼠、子、に音（ね）とも聞けば
2番「百千鳥」から鳥の声、次に「鶯」が鳴いています。

4
みづがきの久しき世より惜しむともあかずや花の色は見えまし

「四合わせ」

後鳥羽院　　４番
梅が枝はまだ春立たず雪の内に匂ひばかりは風に知らせて

土御門院　　４番
雪の中に春はありとも告げなくにまづ知るものは鶯のこゑ

順徳院　　７４番
ひるはくる遠山鳥の契だにながき思ひに乱れてぞぬる

後鳥羽院の３句は「ゆきのうちに、雪の中に」の表記があり

「古今集」の「年の内に春はきにけり」を考えて
「うち」を採用し、合わせでは漢字の「内」にする事で
土御門院「雪の中」との結び付きを分かり易くしました。

結句は、順徳院の「乱れて」と揃う「しられて」も検討し
土御門院「告げなくに」へ結び付く「しらせて」を採用。

後鳥羽院は当初、次の「水垣」を合わせる予定でした。

水垣やわが世のはじめ契りおきしその言の葉を神やうけけん

しかし前述したように百首歌から選ぼうと試みたら
次々とマジックのような所があると判ったので
改めて初度百首に注目し直せば、ここは数字の４。
四人なかよく、五感を刺激する春の歌が並びました。

5
滝のいとにかつちる花をぬき乱だり早くすぎゆく春の影かな

　　4番の　「色」　から　「青と、白3首」
　　3番での松と白雪に同じ、1と3　の合わせです。

　　順徳院が　「四方」　でみんなを纏める並びにしました。

後鳥羽院　19番
すぎがてにゐての渡りをみわたせば言はぬ色なる花のゆふばえ

　　「き、に、を、は、の」　の位置が名号と同じ。
　　土御門院「いふ」と結びつきます。
　　言わぬ花とは、口無し、から梔子の白い花。

土御門院　　8番
鶯のよると言ふなる岩ばしのかづらき山になびく青柳

順徳院　　　13番
ちりまがふ四方の桜をこきまぜてぬきもとどめぬ滝の白糸

　　共通語の　「ぬき、滝、いと」　の他に、一文字ずつ
　　二句「を」　三句「き」が「名号」と同じ位置です。

6
ふりはへて今日やとはれん咲きしより君待つ宿の山ぶきの花

　　時を経て散り萎れても又、芽吹き咲く花。
　　「はへて」に「栄」を思わせるのが下の句の「君」
　　順徳院は新勅撰挿入歌なので、仮名から漢字「残す」へ。

79

土御門院　１９番
波かくる井手の山吹さきしよりをられぬ水になくかはづかな

順徳院　１８番
河の瀬に秋をや残す紅葉ばのうすき色なる山ぶきの花

後鳥羽院　１６番
桜花ちりのまかひにひはくれぬ家路もとほししかの山こえ

　　土御門院の　「泣く蛙」　は定家の心境か
　「水になく」が「水無瀬殿に居ない」　とも読めば
　「君待つ宿」の定家。　後鳥羽院は「家路もとほし」

７
つれもなく暮れぬる空をわかれにて行く方知らずかへる春かな

土御門院　２０番
吉野川かへらぬ春も今日ばかり花のしがらみかけてだにせけ

順徳院　２０番
なけやなけしのぶの杜のよぶこ鳥つひにとまらん春ならずとも

後鳥羽院　２０番
あけほのをなにあはれとも思ひけん春くるる日の西の山影

「名号」の７番、３院の２０番は、ともに　「春の最後」

前の番から、帰る話にするなら最後は定家が好いでしょう。
春がゆけば、陸海を飛び越して帰る鳥、雁や白鳥を
眺めながら「ゆくかたしらず」と詠む定家の心境は？

「夏」

8
鳴かぬより山ほととぎすこのごろとまつほどしるき夕暮れの空

後鳥羽院　　２３番
よもすがら宿の梢に郭公またしきほどのこゑを待つかな

土御門院　　２４番
郭公なくや卯月のしのぶ草忍び忍びの故郷のこゑ

順徳院　　２４番
いまこむといはぬばかりぞ郭公あり明の月のむら雨の空

夕方、夜から朝を迎える　「郭公四羽」

別掲した後鳥羽院初度百首、表記確認検討ですが
用いた書物など６種類には出典の明らかでない物もあり
そのうち一つだけ　「宿に」　が有りました。

「宿の」を用いたのは、他の５種類とともに、式子内親王
「今朝みれば宿の梢に風すぎて」　も決め手になりました。

順徳院は　「の空」　によって、決めるのは容易でしたが
初句と　「郭公」　を詠み込む内容から

次の「百人一首」を連想できる事も大事でした。
今こむと言ひしばかりに　（略）　待ちいでつるかな

結句は、基本７字の所へ字余り、８字　ですが
ここの「つる」から「鶴」を連想できると鳥で繋がります。

「つるの林」の「名号」３５番も同様な字余りですから

３５＝３＋５＝８番「ほととぎす」へ結びつけた可能性も。

なぜなら、前作「ベールを脱いだ　百人一首」で示した
「百人一首」の選歌方法　「３首合わせ」　による歌絵巻。

花鳥風月を組み込んだ壮大な場と目線、景色の移動に
３番飛び、１０番続きは、この７０首ではどうだろうか？

数字を観ながら音読、音を聴くのが重要だからです。

９
も裾濡れ採るや早苗も老いぬとて雨もしみみに急ぐを山田

　雨にしみる田　４首　（苗、里に含まれる田）

　前の番、順徳院「むら雨」は「急雨」とも書くので
　「雨、急ぐ」へつなぐ読み方をすべきでしょう。

　後鳥羽院は　「３０」　だから次の１０番、区切りへ。
　歌も「蛙　かはづ」　によって雨上がりを知らせます。

土御門院　　２６番
早苗とる伏見の里に雨過ぎてむかひの山に雲ぞかかれる

順徳院　　２６番
五月雨はまやの軒端も朽ちぬべしさこそうき田の杜のしめ縄

後鳥羽院　　３０番
五月雨に伏見の里はみづこえて軒にかはづのこゑ聞こゆなり

１０
あふちさく北野の芝生さ月きぬ見もせぬ人のかたみとどめて

　「さ月」へ、合わせる一首目は後鳥羽院　「五の番」

後鳥羽院　　２５番
つくはねの夏の木かげにやすらへば匂ひし花の名残りともなし

土御門院　　２３番
あふひ草かけてぞ頼む神山のみねの朝日の曇りなければ

順徳院　　２２番
たれしかも松のをやまのあふひ草かつらにちかく契りそめけん

名号と息子たちは、葵、あおい草、会う日を掛けた歌。
「形見」を留めるのか、咲くあふち。後鳥羽院は「名残」

順徳院からは「百人一首」の　「誰をかも知る人にせむ」
と始まる　「高砂の松も昔の友ならなくに」　を思い出し

会う日は無いに近いような・・・だから神頼みすると
土御門院　「朝日」　は朝廷とも読める歌合わせからは

神様への祈念、精進して心に　「曇りなければ」
命を取られることは無いだろうと、話す人も見えます。

なぜなら初夏に薄紫の小花を咲かせる　「あふち」
栴檀（せんだん）の古名で、古語辞典によると
獄門、さらし首を掛ける習わしもあったという樹木です。

１１
みじか夜の見はてぬ夢のさむしろにはかなく残る有明の月

順徳院　　３０番
あか月のやこゑの鳥もいたづらに鳴かぬばかりに明くる東雲

後鳥羽院　　２６番
夏の夜の夢路にき鳴くほととぎすさめてもこゑはなほ残りつつ

土御門院　　３４番
秋やとき月や遅きとやすらへば岩もる水に夢も結ばず

　東西 または　朝夜　２首合わせ

１２
たちばなの花ちる庭は白妙の袖の別れし香に匂ひつつ

土御門院　　２１番
昨日までなれし袂の花のかにかへまくをしき夏衣かな

順徳院　　３１番
夕がすみたなびく山の春よりも色の千くさにさけるなでしこ

後鳥羽院　　１５番
風は吹けど静かに匂へ乙女ごが袖ふる山に花のちるころ

後鳥羽院との繋がりが見えるよう、定家のは「香に」へ。

平仮名なので「蟹」とも読める事がポイントでした。
　１１番　土御門院　「岩」から「沢蟹」も見えて
　次の１３番　後鳥羽院「くも、笹かに」へ繋がります。

１３
ふし柴やしばし立ち寄る下影もゆふ風おそき野辺の旅人

　「夕、言ふ」を含む「ゆふ」から「おそき」と続けば
　何か告げたかったが時遅く叶わなかったとも読めます。

後鳥羽院　　３２番
むらくもはなほ鳴る神の空ながら夕日にかよふ笹かにの露

土御門院　　３１番
夏くればふせやにくゆる蚊遣火のけぶりも白し明けぬ此夜は

順徳院　　４１番
はし鷹のとや野の浅茅ふみ分けておのれもかへる秋の狩人

　身を寄せる　群蜘蛛　のはかない糸も見せますね。
　息子２院は、前の番号から「２１、３１」「３１、４１」
　１０番違いの　「１」　繋がり　にもなっています。

１４
つげこさむ蛍は空に乱るれど越路はるけき秋の雁が音

　「飛ぶもの４首合わせ」

土御門院　　３５番
ゆく蛍秋風吹くとつげねどもみそぎ涼しき川やしろかな

順徳院　　３６番
ときしもあれ秋なき色も年浪の半越行くすゑの松山

後鳥羽院　　３３番
夏草の草のはかくれ行く蛍さはへの水に秋もとほからす

85

「名号」の「つげ」は告げる、来て欲しい思いを感じさせて
命短い蛍や帰る雁は、叶わない願いのようです。

物言わずとも光で存在を示す土御門院　「蛍」

順徳院「とき」は「時」と鳥の「朱鷺」で有名な
院の流刑地、佐渡と結び付きますが、新潟県は
偶然にも、亡くなった父の故郷です。

白鳥で知られる瓢湖、桜の美しい観光名所も多く
いつか訪問したい土地の一つになっています。

後鳥羽院は結句に「とをらす」もありましたが
「とをからす」を採用して「烏」になって飛んで行く。

葉隠れの術を使う忍者、烏天狗も呼べるでしょうか。
「名号」には「残る木の葉を疑えど」もあります・・・

「秋」

15
ならひにし秋のねざめのいつしかとたつより悲し荻の上風

後鳥羽院　　３６番
いつしかと荻の上葉はおとつれて袖に知らるる秋の初風

土御門院　　２７番
ともしするは山のすゑにたつ鹿のなかぬ比だに露ぞこぼるる

順徳院　　４４番
月見よと軒ばの荻の音せずはさてもねぬべき秋のね覚を

16
物思ふ宿のためしを見せ顔に枝もとををの萩の朝露

土御門院　　４８番
今朝のまの色もはかなし槿の花におくるる秋の白露

順徳院　　４７番
ふしわぶる籬の竹のながき夜に猶おきあまる秋の白露

後鳥羽院　　４４番
くまなしや朝ゆふきりははれすとも桂の里の秋の月かげ

四首は前の番から繋いで、最初の三人を「露」で並べ
「朝」の定家に対して、最後は後鳥羽院「夜、月」へ。

「秋の　３院並び」　紀の国を連想する「きの　４首」

１７
浅茅生の小野の白露袖の上にあまる涙の深さくらべよ

土御門院　　７２番
とへかしな槇たつ山の夕時雨色こそ見えね深き心を

順徳院　　４９番
かこつべき野原の露も虫のねも我より弱き秋の夕暮

後鳥羽院　　５０番
山おろしに水際の浪は高くともなほ霧深し宇治の川風

　先ず、土御門院を意識して置き
　定家の「くらべよ」へ「とへかしな」と答える

　合わせたかの「我より弱き」と言う順徳院

　最後に、父の後鳥羽院は　「高くとも　深し」
　定家の　「深さくらべ」　を締めています。

１８
み山には霜さえぬらしかりいほもる田のもの月に衣うつなり

　「百人一首」　が連想されます。
　・　秋の田の刈り穂の庵の
　・　きりぎりすなくや霜夜のさ筵に
　・　ふるさと寒く　衣うつなり

　上の句「ぬらし」は濡れる意味に聞こえますが
　「ぬ・らし　しか鹿　かり雁、仮」　とも聞けます。

　中でも「ぬ」一文字を古語辞典で引くと

ナ変動詞「往いぬ」が動詞の連用形に付いてつづまった物
「・・・なってしまった」 動作または作用が完了した意。

歌の内容は、 月光を「漏る」と見て、あばら家の隙間
風とともに降り注ぎ、凍る部屋で衣を打ち付けるという。

み山には霜さえぬらしかりいほもる田のもの月に衣うつなり

後鳥羽院　４１番
まばらなる槙の板家に影もりて手に取るばかりすめるよの月

土御門院　５２番
きりぎりすすぎにし秋やしのぶらんふるき枕の下になくなり

順徳院　　４３番
追風にたなびく雲のはやければ行くとも見えぬ秋のよの月

　１６番「をを、るる、わぶる、あまる、はは」
　ここでは　土御門院「きりぎり」から「すす」の次は
　３字置き「ふ」が「ぶらん、ふるき」最後も「なくなり」

　そして「過ぎにし」へ合わせたかの順徳院「はやければ」
　「秋」を共通語として「よ」を平仮名にしているから

　後鳥羽院の「よ」も観て居るように同じ「よの月」
　内容から並べた順番でも、一の位が、１、２、３

89

１９
たがための錦も見えぬ秋霧にそめし時雨の山ぞかひなき

土御門院　　４４番
嶺こえて今ぞ鳴くなる初雁のはつ瀬の山の秋霧の空

順徳院　　４６番
山鳥のうらみも秋やかさぬらん八重たつ霧の中のへだてに

後鳥羽院　　７４番
この暮れと頼めし人は待てどこず二十日の月のさしのぼるまで

後鳥羽院は「かひ」から新古今１９０７番も候補でした。

岩にむす苔ふみならすみ熊野の山のかひある行末もがな

現代に伝わる「新古今」には、歌に通し番号が付けられ
それとの関係も興味深いのが「名号」１９番へ　１９０７

しかし「名号」と「新勅撰」を考えるには
歌の通し番号とは違う数字を、意識したと考えました。

定家、土御門院は　数字なら　「一」　の意味となる
「そめ」「はつ」　によって　「初め、初」　が在り
順徳院　「八重」　　後鳥羽院　「はつか、二十」

２０
ふせぐべきかたこそなけれ白菊のうつろふうへにまよふ初霜

　「霜　４首」

土御門院　５３番
誰ゆゑにうつろはんとか初霜のたわわに置ける白菊の花

順徳院　　６０番
ふく風もいく度道によわるらんみな霜がれのむさしのの原

後鳥羽院　７５番
白菊に人の心そ知られけるうつろひにけり霜おきあへず

２１
つたかへでみ山木かけて色づきぬ下照姫や秋をそむらん

　「み山」へ「３院　４合わせ」＝四首合わせして幸せ。

　順徳院「よも」は漢字「四方」へ。次の順でどうぞ。

後鳥羽院　４０番
朝倉や木の丸殿にすむ月の光は名のる心地こそすれ

土御門院　５４番
おく山の千しほの紅葉色ぞこき都のしぐれいかにそむらん

定家
つたかへでみ山木かけて色づきぬ下照姫や秋をそむらん

順徳院　　５８番
冬来ても猶時あれや庭の菊こと色そむる四方の嵐に

91

「冬」

２２
名残なく梢さびしき山おろしを己とどむるなみのしがらみ

「山　四首」

土御門院　　５８番
竜田山木の葉もあだに散りはてて夕つけ鳥に霜はおくなり

順徳院　　　５９番
三室山秋の時雨にそめかへて霜がれのこる木木のした草

後鳥羽院　　５８番
散りはつる竜田の山の紅葉葉を梢にかへす木枯らしの風

２３
もしもやと残るこの葉を疑へど今は時雨の音のみぞする

「四葉」

土御門院　　５６番
紅葉ばのふり隠してし我が宿に道も惑はず冬は来にけり

順徳院　　　６３番
蘆の葉に隠れて住まぬ炭がまも冬あらはれて煙立つなり

後鳥羽院　　６０番
竹の葉はおぼろ月夜に風冴えてむらむら凍る庭の面影

　土御門院は迷いも無いとキッパリしています。

順徳院は「葉」と「住まぬ」からの選歌。
炭を漢字にして、勅撰集挿入では「山」を見ます。

四首合わせでは「あらはれて」に加えて目印になる
「煙立つ」ならマズイ事態を連想しますが
百首歌の中では寒い冬に火の温もりも感じさせます。

嵐のような騒乱の後、木の葉のように吹き消した歌は
木の葉時雨となって散り落ちてしまった、大丈夫。と
自分に言い聞かせる老人の呟きに思えてなりません。

２４
蘆の葉にこやも隠れぬ津の国のなにはたがへる冬ごもりかな

　「あし　四首」

　「こや」が「小屋」なら芦原で目立ち、御簾を作る材料の
　芦屋では「児や」も隠れない大違い　「名には違う」
　往来も時勢も「難波」へ「住み憂き」と言う土御門院。

土御門院　　６１番
難波えやすみうき里の蘆の葉にいとど霜おく冬の曙

順徳院　　６４番
山おろしのあられ吹きしく篠の上に鳥ふみまよふ今朝のかり人

後鳥羽院　　６５番
冬のあした三輪の杉むら埋もれて雪の梢や印なるらむ

　「あした」に「芦」を見聞きします。
　順徳院は、詞書「ささの上、芦河の行幸日」による選歌。

２５
磨きおく氷に月の宿る夜はいはねどしるきたまの井の水

　「いはねど」から「はね、跳ねる」も聞き
　谷川の　鐘の音の　山の井の　玉の井の

　「の」　のリズムで跳ねる水玉は、　陽に月に輝き
　飛鳥井雅経らが蹴鞠する姿も思い出せるでしょう。
　氷の状態から、定家を最後に読むのがお勧めです。

後鳥羽院　　５９番
冬くれば深山のあらしおとさえて結ぼほれゆく谷川の水

順徳院　　５７番
かねのおとの霜となり行く明がたや蓬が露もこほりそめけん

土御門院　　６３番
山の井のむすびし水や結ぶらんこほれる月の影もにごらず

２６
民の戸もとしある空の印とて明くる夜の間に積もる白雪

土御門院　　６０番
吉野山けふふる雪やうづむらん入りにし人の跡だにもなし

順徳院　　６１番
清見がた雲もまがはぬ浪のうへに月のくまなるむら千鳥かな

後鳥羽院　　８０番
まちわぶる小夜のね覚めの床にさへなほうらめしき鐘の音かな

　後鳥羽院、最初の候補は

雪積もる民の家居に立つ煙これも世にふる道や苦しき

「煙」から人の生活、生きている「印」が見えます。
定家とは逆に、土御門院は「印」となる「跡」が無い。

後鳥羽院は２５番順徳院と同じ「鐘の音」が印です。

２７
ふる雪の日数やいくか芦垣の吉野の里はまぢかからねど

土御門院　５７番
くれ竹のみどりは色もかはらねば時雨ふりにしまがきともなし

順徳院　　６５番
こまとめてしばしはゆかじ八橋のくもでにしろき今朝のあは雪

後鳥羽院　６６番
ながむれば春ならねども霞けり雪おろふれるとほき野の里

　土御門院　「まがき」　は垣根。
　順徳院に関わる　「馬掛」　もあるので選びました。

　順徳院は「名号」の「数」へ「八」を合わせると結句の
　「雪」へ続く「し」のリズムが白さを増幅させます。
　その名号「日数」から探しやすいのが「新古今」

　鈴鹿川深き木の葉に日数へて山田の原の時雨をそきく

２８
つきはつる今年の今日や数へこしよはひの暮れの限りなるらん

　　春７番が、百首歌の春終り２０番で並んだように
　　２８番と同じく百首歌で四季の終り「７０並べ」

後鳥羽院　　７０番
今日まではなほふる年の空ながら夕暮れかたはうち霞つつ

土御門院　　７０番
今日と暮れ今年と暮れぬ明日よりや昨日と思ひし春の明けぼの

順徳院　　７０番
さとわかぬ春の隣に成りにけり雪まの梅の花の夕風

　　後鳥羽院「ふる年」は定家「よはひ、齢」と関係し
　　百首からの選歌は番号とともに、これしか無いですが
　　「年波」を感じる、哀れ成る身の「四天王院御障子歌」

よる波もあはれ鳴海のうらみさへ重ねて袖にさゆるころかな

「法文」

２９
南無といふこの言の葉を唱ふるや身をたすくべき頼みなるらん

　９６ ６６ ３９　２９　転がるように並び
　読む順番は、曙から夕暮れ、定家の感嘆へ。

後鳥羽院　　９６番
万代世の末もはるかにみゆるかな御裳濯川の春の曙

土御門院　　６６番
さか木とるやそ氏人の袖の上に神代をかけてのこる月影

順徳院　　３９番
人ならぬ岩木もさらにかなしきはみつのこじまの秋の夕暮

定家 ２９番
南無といふこの言の葉を唱ふるや身をたすくべき頼みなるらん

　後鳥羽院は、ここも四天王院御障子歌が出てきます。
　「かへる」は　和歌文学大系(明治書院)　後鳥羽院御集
　新編国歌大観「かへり」より、帰る雁を採用しました。

頼むとてねに鳴きかへるこしの雁浜名の橋の秋霧の空

帰る雁とは逆に「頼む」けど帰京は却下。定家は４５番で
あづまぢや＝東、鎌倉よ。と呼びかけるように始まります。

３０
求めけるみのりの道の深ければ氷を叩く谷川の水

後鳥羽院　　７１番
わがこひはしのたの杜の忍べども袖のしづくにあらはれにけり

土御門院　　７３番
あはでふる涙の末やまさるらんいもせの山の中の滝つせ

順徳院　　５０番
さらしなの山の嵐も声すみて木曽の麻衣月にうつなり
　　　　　　　　　　　アサギヌ

前番は数で転がる動きを見せ、ここは「の」でリズミカル。
最後に定家を置いて読んで下さい。

順徳院の歌につけられた定家詞書の中に「叩く」と繋がる
「砧のおと、雁のつばさより」とあります。

「みのり」は「のりと祝詞」よりも「結実」
氷を叩く谷川のイメージから、水無瀬御殿と滝を連想し

身動き取れない人達の、叩き割って流れを作りたい思い。
別の歌で、齢（よはひ）を詠みこむ老人の心意気も感じます。

３１
あかねさす光はみねを照らせども麓にくらき山の朝霧

別に解説しています。

土御門院　　９９番
しづかなる心の中も久かたの空にくまなき月や知るらん

順徳院　　８３番
雲井にもたが関もりのまもるらんかよふ心の中のへだては

後鳥羽院　　１００番
ちはやふる日吉の蔭ものどかにて波をさまれる四方の海かな

３２
導きし鹿なく野辺もわきてこのえにある萩の露ぞうつろふ

土御門院　　３８番
萩が花うつろふ庭の秋風に下葉も待たで露はちりつつ

順徳院　　４８番
山里は軒端の松を吹くからに鹿のねならぬ秋風ぞなき

後鳥羽院　　３８番
萩原やあかつきのへの露しげみ分くる袂に知らぬ花摺り

　３院　「８合わせ」　または次の理由で　「露４首」
　順徳院は「ふくからに」が「百人一首の露」を呼びます。

　・　吹くからに秋の草木のしほるれば
　・　白露に風の吹き敷く秋の野は

　共通語が見やすいよう「しか」を漢字の「鹿」へ。

定家と順徳院「有無」　兄弟２院は「ば音」の共通点も。

後鳥羽院は又も、四天王院御障子歌を呼びました。

いしにへの野中の清水訪ぬれは笹分くる袖に露ぞこぼるる

３３
例へても虚しき雲の大空に消えてあとなきいろはいろかは

土御門院　　７６番
月草の花の心やうつるらん昨日にも似ぬ袖の色かな

順徳院　　７８番
鳥のねのあか月よりも辛かりきおとせぬ人のゆふぐれの空

後鳥羽院　　７７番
みをつめばいとひし人ぞあはれなる生駒の山の雲を見るにも

　順徳院には詞書に　「征馬」　とあるので
　後鳥羽院の　「生駒」　と結びついて次の「あへる」へ。

３４
船よばふ隅田河原の渡しもりみのりにあへる心をぞ知る

土御門院　９３番
朝ぎりに淀の渡りを行く船のしらぬ別もかなしかりけり

順徳院　９２番
いつて舟おひ風はやくなりぬらしみほの浦わによする白浪

後鳥羽院　９４番
風をいたみ小島が崎にすむをしは見えても見えず浪のなみかな

　「百人一首」
　風をいたみ岩うつ波の己のみくだけて物を思ふころかな

　も思い出しながら、亡くなった親しい人達に、たとえ
　三途の川を渡った向こう岸でも逢えたら嬉しいが
　そんな気持ちは誰も知らないだろうと言うようです。

　後鳥羽院「をし　鴛鴦」は離別、死に別れも連想し
　波が上下する度に見え隠れする小舟が見える歌なので

　「源氏物語」の宇治十帖、東屋
　川を渡る中洲の橘、香り漂う場面の逢う瀬を彷彿とさせ
　努力の結実も願うのでしょう。

３５
つるの林なくなくおくる涙にやよもの木くさも色かはりけん

　詳細解説しています。
　順徳院「しらぬ」に「しら・白」を見て「白黒合わせ」

土御門院　　９７番
むば玉のさめても夢のあだなればいやはかななる袖の露かな

順徳院　　９９番
くるるまも頼むものとはなけれどもしらぬぞ人の命なりける

後鳥羽院　　９５番
白山の杜の木陰にかくろへてやすらに住める雷の鳥かな

「旅」

３６
慣れもせぬ葉山が下の旅ごろも袖も庵も一つ白露

土御門院　４１番
山影や暮れぬと思へば刈萱の下置く露のまだき色なし

順徳院　　４５番
白露も雁の涙もおきながら我が袖そむる荻の上風

　詞書「もる山の露、風の音に染めらるる心」
　によって後鳥羽院との結び付きも強まります。

後鳥羽院　４２番
おほかたの秋のなさけの荻の葉にいかにせよとて風なびくらむ

まず土御門院は、軽々した感覚も出る、刈萱（カルカヤ）
「顔色、気色ばむ」にもなる「色」も「色なし」なら染まる前
無色透明か白。「荻」はススキに似た白さを見せることから

「白　四首合わせ」
または　露３首　へ情けを添える秋風一首
３、５番と同じ、３　と　１　の合わせです。

３６番へ４１、４２、４５合わせで１～６並び、次は「７」

３７
もち月を又ありあけの眺めしてゆくほど遠き秋の旅人

「三七　合わせ　または　遠近合わせ」

後鳥羽院　　４７番
月影を波ぢはるかに眺むればあまの苫やは山のはもなし

土御門院　３７番　題「七夕」
秋もなほあまの川原にたつ浪のよるぞ短き星合の空

順徳院　　４０番
つま木こる遠山人は帰るなり里までおくれ秋の三日月

後鳥羽院と定家。　長男から次男へ２組とも言えます。

順徳院は、送れと詠んでいますが
「三日月村」は市町村合併して兵庫県佐用になりました。

103

後鳥羽院の流刑地、隠岐の島は、佐用から北にある
鳥取市を海岸沿い西へ、出雲の沖にあります。

定家「ゆくほどとほき」から察するに、院たちの帰京は
日が経てばたつほど望み薄と思っていた気がします。

息子ほどの後鳥羽院は、定家よりも数年早く亡くなりました。
御殿暮らしから日本海の荒波、寒風、積雪地へ。
若い院たちでも、心身のストレスは大きかったでしょう。

３８
朝なけに身にやは添ふと振り捨てて行けどわかれぬ人の面影

　　初句は、今でも朝な夕なに、と言うように
　　「朝泣け」も含む「朝に昼に」から　土御門院「なく鹿」

　　春好きな院の、春が忘れられる歌を読み返す心境か？

　　土御門院「かたぶく」は定家の「身に添ふ」
　　３６番の後鳥羽院「なびく」と同じ状況を見せます。

土御門院　４５番
み山ぢやあか月かけてなく鹿のこゑすむ方に月ぞかたぶく

順徳院　　３４番
夕立の雲にさきだつ山風に秋になびかぬ草のはぞなき

後鳥羽院　４５番
難波潟さやけき秋の月を見て春の景色ぞ忘られにける

104

３９
みるめなき我が身やうらの楫枕里のしるべはとへどこたへず

「問答合わせ」

土御門院　　８０番　題「恨」
涙ちる袖に玉まくくずのはに秋風ふくととはばこたへよ

順徳院　　１２番
雪とのみふるの山べは埋もれて青葉ぞ花のしるしなりける

後鳥羽院　　７番
薄くこく園のこ蝶はたはふれて霞める空にとひまかふかな

　　四首合わせした「とひ」は「蝶」によって「飛び」
　「訪問、とふ」と読む事で、歌の意味も増えます。

４０
手向けする幣のおひ風ことづてよ思ふ方より我をおくらば

土御門院　　８７番
駒とめてひのくま川にやすらへば都恋しきあき風ぞ吹く

順徳院　　８６番
み吉野の滝の白あわ落ちたぎり吹けども風の声もきこえず

後鳥羽院　　８４番
なにとなく名残ぞをしきなきの葉やかざしていづる明け方の空

　　三方からの風に見送られる旅立ち一首、もしくは
　後鳥羽院の「かざし」は「風向き」を例に「風　４首」

別に解説した歌ですが、梛木の「梛」から椰子も見ると

イザヤ・ベンダサン著「日本人とユダヤ人」で紹介された
３つの詩に、次のような一節がありました。

　あなたは　なつめやしの木のように　威厳があり

椰子は実用的な食物で、私は台所洗剤を使ったりしますが
日本は卑弥呼から、特に女帝、持統天皇の手腕が伝えられ

物部、秦など渡来系と言われる、氏族を取り上げた本には
昔の日本でも、仏教以外の布教活動をした人達の存在
可能性がある事も書かれてきています。

後鳥羽院の歌は別に解説していますが「思ふ方」で繋がる
最勝四天王院障子歌を　Ｓ53年の「続群書類従」から紹介。

袖ぬらしいくよ明石の浦風に思ふ方より月も出にけり

　４１
　ふくをばな露のかりいほを結びてもかたみの紐は解く宵もなし

　「四首　結び合い」

後鳥羽院　　９３番
結びおきしひばりの床も草かれて現れ渡る武蔵野の原

土御門院　　９２番
かげろふの己しげれる草の葉もかりにや結ぶ秋の旅人

順徳院　　　１４番
結びあへぬ春の夢路のほどなきにいくたび花の咲きて散るらん

順徳院は「度」を、土御門院へ結び付けて「たび」に。

「名号」の尾花や露は、風で吹き飛ぶ儚い物を見せるけど
「かたみ」から固く結ぶ、身持の良さ、頭の堅い人物も。

「草」で結束を強め、漢字にした後鳥羽院「現れ渡る」
結びが解けた環境で自由に飛ぶ　ひばり　見えますか？

４２
つかのまも忘れんものかいでがてに月を絞りし袖の別れは

　定家のは　新古今集１２７１　への返歌にも感じました。
　染物にできる色ムラと、村雨。連れ無い、心がツレナイ。

　忘らるる身を知る袖のむら雨につれなく山の月は出でけり

土御門院　１３番
み吉野の花に別るる雁がねもいかなる方によると鳴くらん

順徳院　　１５番
春よりも花はいく日もなき物をしひてもをしめうぐひすの声

後鳥羽院　３４番
なにとなく過ぎゆく夏のをしきかな花を見捨てし春ならねども

「旅」は終わりますが「名所、山家」と続けば旅は終わらない。
「名所」一首目は「那古」
大阪、住吉区に昔あった地名。藤原実定（新古今　春３５番）

　なごの海の霞の間よりながむれば入日をあらふおきつしら浪

名所も、こんな予備知識をもって巡りたいと思います。

「名所」

４３
なごのあまのかづく白玉たまさかにいでて帰らぬやみぢともがな

「かづく」 は被る、褒美として与える、頂く。
また、その衣服を肩に掛ける。（古語辞典より）

後鳥羽院　１０番
花か雪かとへど白玉いはねふみ夕ゐる雲にかへる山人

順徳院　　８番
夕霞きえ行く雁や雲鳥のあやおりみだる春のころもで

土御門院　３番
白浪のあとこそ見えねあまの原かすみの浦にかへるつり舟

「明暗、白黒合わせ」

「やみ」から「闇と黒」「病む」とも聴けば
「あま」は尼さんの他、潜水病を心配する「海士、海女」
白玉を贈りたい女、くれた男への、恋患いもあるでしょう。

佐渡島は牡蠣でも知られますが、伊勢湾でも海へ潜ったまま
帰らぬ人も居たり。苦労無くして、とは今も昔も同じですね。

後鳥羽院「言ふ居る」に 「夕入る日」も見て
順徳院「夕」とともに 次の「西」へ向かいます。

４４
もじのせきかきおくあとを留めおけ西のみ空の道のしるべに

　門司の関所、鍵置く。としたら自由度も上がりますね。

　結句「しるべ」　は３９番から　「５番飛び」

　２句「あと」を共通語に、土御門院を合わせると
　まさしく書きおく跡「文」の一語が入った詞書が。

　　煙霞無跡昔誰棲、あなめでた文時再誕景、最殊勝候

　最勝四天王院障子和歌の　再誕生を目出度いと言うような

　そして、この詞書が「鍵」となって土御門院の「文」
　「定家　と　４　繋がり」になる８４番「捨衣」を選べば

　順徳院「さ夜衣」の詞書「定文」が後鳥羽院を呼びます。

土御門院　８４番
むかしたれすみけん跡の捨衣いはほの中に苔ぞのこれる

順徳院　　９６番
秋風のふきうら返すさ夜衣見はてぬ夢はみるかひもなし

後鳥羽院　４３番
薄霧のあかしの浦は晴れやらで定かに見えず沖のつり舟

４５
あづまぢやなげのゆききにかげ見せよ浜名の橋の下のうきなみ

ここは先に詳しく説明しています。

109

土御門院　２９番
雨おもき軒のたち花露ちりて昔をしたふ空のうき雲

順徳院　２３番
夏の日の木のまもりくる庭の面に陰までみゆる松のひとしほ

後鳥羽院　２２番
来るかたへ春しかへらばこのころやあづまに花の盛りなるらむ

４６
みや木ののこの下千たび通ふともうらむる袖の露やまさらん

土御門院　４６番
山がつのあまの衣手まどほにて嵐やうすき露ぞおくなる

順徳院　３８番
秋風や千種ながらに乱れけん花さきかはすみやぎのの原

後鳥羽院　５３番
虫の音はほのほの弱る秋の夜の月は浅茅が露に宿りて

　宮城野は萩の名所、歌枕ですが「源氏物語・桐壷」は
　宮中をさして里の若宮、光源氏を思う歌があります。
　また、後鳥羽院は四天王院御障子歌も候補（新編国歌大観）

宮城野の露吹きむすぶ風の音に小萩がもとを思ひこそやれ
宮城野やあかつき寒く吹く風に鳴く音も弱ききりぎりすかな

後鳥羽院、障子歌は次の理由で対象外と考えました。
定家が比較の「まさらん」と「の」でリズムを作り
後鳥羽院「音が弱る」なら、次は「手弱女」が居ます。

だから時期的にも「弱き」と言ってしまった障子歌より
炎が弱って来る蛍と、交代するかに宿る「露」の勝。

４７
手弱女の袖のうら風吹きかへせ染めて移ろふ色はむなしと

後鳥羽院　３７番
竹の葉を吹き裏返す秋風に露の玉散る夕暮れの空

順徳院　　５６番
諸人の花ずり衣ぬぎかへて袖にこき入れし形見だになし

土御門院　３９番
をみなへし植ゑし籬の秋の色はなほ白妙の露ぞかはらぬ

後）若き「初度百首」では葉を裏返す風を嘆いたが
　　月日が経っても、相変わらず人の心という物は。

土）そんな人間が住んでいる家、花を植えた垣根の
　　露は色変わりせず白いままなんですね。

順）皆が花染めの衣に着換えたから形見もありません。

定）向かい風を吹き返してやりましょう。
　　花は色変わりも風情と見ますが、心変わりは。
　　色が移るのは虚しいと言い返してやりましょう。

111

48
ふじの山みねの雪こそ時しらねおつるこの葉の秋はみえけり

土御門院　４２番
露のぬきあだにおるてふ藤ばかま秋風またで誰にかさまし

順徳院　　３２番
かぎりあればふじのみ雪のきゆる日もさゆる氷室の山の下柴

後鳥羽院　５４番
さほ姫の染めし緑や深からむときはのもりはなほ紅葉せで

　「さほ姫」は春の女神。佐保山は奈良の東で五行説の春。
　「時は」と聞けば、次のようにも読めます。

　　深からむ時は、野守は尚紅葉せで　　（赤面しない）

　左大臣　源　　常（ときわ）の山荘があったので
　常盤なら地名と、常緑に、心変わりしない事もいう。
　次に「右大臣」が登場して、対のようになります。

49
綱手引く千賀の塩釜くり返し悲しき世をぞ恨み果てつる

　「綱手、悲し」　に導かれるのが　　右大臣　源　実朝
　ここから「源氏物語」浮舟　の歌を呼びます。

世の中は常にもがもな渚漕ぐあまの小舟の綱手悲しも
亡きものに身をも人をも思ひつつ捨ててし世をぞさらに捨てつる

　浮舟の歌は定家が選歌した　「物語二百番歌合」５９番
　前作で示した「３首合わせ」が「百人一首９９」後鳥羽院
　４９番へ「９」で繋がる歌、合わせたい歌も「９」

土御門院　４９番
あふ坂やゆく旅人のあづさ弓けふや引くらん望月の駒

順徳院　６９番
とりかざす日蔭のかづら繰り返し千世とぞうたふ神のみまへに

後鳥羽院　百人一首９９番
人もをし人も恨めしあぢきなく世を思ふゆゑに物思ふ身は

　後鳥羽院は、あくまでも百首歌から選ぶと、７６番

　いにしへにたち返りけん心さへ思ひ知らるる待つ宵の空

　「たち」は土御門院「弓」から「太刀」となって
壇ノ浦の「刀」へ、歴史とともに「９番飛び」すると
刀の柄を含む「つか」を詠んだ５８番に到着します。

「山家」

５０
なげきこり身を隠すてふ山ぢさへ住むに住まれぬ浮世なりけり

土御門院　１００番
あま雲の雲井をさしてゆくたづの行末とほき声ぞきこゆる

順徳院　９０番
なれにけるあしやの海士もあはれなり一夜にだにもぬるる袂を

後鳥羽院　９０番
なぐさめに煙ばかりは絶えねども寂しきものを冬の住みかは

４９番が「９」なら、ここは９０と１００「１０番飛び」
１０の次は「１」へ戻るようで「５１番四鳥合わせ」

５１
もずのゐるまさきのすゑ葉秋かけて藁屋激しきみねの松風

土御門院　５１番
里とほききぬたの音も夜寒にて我が衣とや雁も鳴くらむ

順徳院　　５１番
霧はれば明日も来てみん鶉なくいはたのをのの紅葉しぬらん

後鳥羽院　５１番
明け暮れの空もたどらぬ初雁は春の雲路や忘れさるらむ

５２
嵐のみはらふよどこに雪降りてねぬ夜も積もる柴のかりいほ

土御門院　６７番
楢柴や枯葉の上に雪ちりて鳥だちの原にかへる狩人

順徳院　　６６番
吹きはらふ雪げの雲のたえだえをまちける月の影のさやけさ

後鳥羽院　６４番
思ふにも哀れなるべきとだちかな交野の原の雪くれの空

　遊猟地「交野」は、土御門院の題「鷹狩」と繋がり
桜の名所としては、冬に希望の春が見えます。

５３
みな人の忘れてとはぬ古里を我のみしたふいはのかけみち

定家を最後に読んでみて下さい。

後鳥羽院　７９番
すみよしの岸におふなりたづね見んつれなき人を恋忘れ草

土御門院　９６番
秋の色をおくりむかへて雲のうへになれにし月も物忘れすな

順徳院　　８８番
暮れずともふもとの里に宿からん夜やは行かん山の陰道

　　ここは後鳥羽院と、右近（百人一首）を呼びます。

忘らるる身を知る袖のむら雨につれなく山の月は出でけり
忘らるる身をば思はず誓ひてし人の命の惜しくもあるかな

５４
たてもしもぬきも露もて織る錦たのむかきねの心弱さよ

　　詳細解説しています。

土御門院　５９番
おしなべて時雨れしまではつれなくてあられにおつるかしは木の杜

順徳院　　７番
あさみどり霞の衣吹くかぜにはつるるいとや玉のをやなぎ

後鳥羽院　６７番
このころの常盤の山は甲斐もなし枝にも葉にも雪し積もりて

115

５５
ふすぶとてま柴のけぶり立出づる山ぢさびしきさとどなりかな

土御門院　　６８番
よそにてもさびしとはしれ大原やけぶりをたつる炭竈の里

順徳院　　７７番
たづねてもみぬめの浦にやく塩のけぶりはそれと人もたのまじ

後鳥羽院　　８８番
秋の月霧のまがきにすみなれてかけなつかしきみやまべの里

　「名号」の「ふすぶ」は煙の立つ。燻ぶ。嫉妬する。
　「さとどなり」から「佐渡」も聴きます。

　「ま柴のけぶり」は「霧の籬」と同じ先の見えない状態。
　歌番号は土御門院だけ、ゾロ目ではないけど「５６７８」

５６
釣舟のはるかにうかぶかがり火をみねの笹屋に幾夜見つらん

　「３院　３合わせ」　遠近並べ、とも言えます。

土御門院　　８３番
呉竹の夜わたる月の影ぞもる葉分の風や雲はらふらむ

順徳院　　９３番
しほ木つむあまの小舟ぞいそぐなる心とたゆむ宿のけぶりに

後鳥羽院　　８３番
はるばるとさかしきみねをわけすぎて音無川をけふみつるかな

　定家の歌は、遠近で見ると海岸から近い「釣舟」

そこから「みね」を「嶺」として遠くに見る。
「ささや笹屋」は「刀の鞘」も聞き５８番「つか柄」へ。

合わせは、まず土御門院の竹笹から月 、雲を見る。
下から上への視線移動。

「はるばると」と詠いだす後鳥羽院だから
定家「はるかに」より、もっと遠く感じさせますが
「みね」の共通語で結ばれています。

順徳院は小舟から見えた煙に温かい火と、人の存在。
「急ぐ」によって胸の高鳴りが聞こえるようです。

「無常」

５７
なき物と思ひ捨ててし身の果てに世の憂き事ぞ猶残りける

　「７合わせ」

土御門院　７７番
物おもへばたみのの島のあま衣ぬるるならひの浪やこゆらむ

順徳院　７５番
偽のなき世なりともいかがせん契らでとはぬ夕暮の空

後鳥羽院　７８番
さりともと待ちし月日もいたづらに頼めしほともほどすきにけり

四季の終り２８番が、百首歌の冬最後７０並べ。
４９番は「９」　５０番は９０、１００と「１０番飛び」

５１番「５１」並べ。５６番が５×６「３０、３並べ」
５７番は「７」と来れば、最後まで数に注目すべきですね。

５８
もろこしもこの世も名こそうづまれね野ばらのつかは跡ばかりして

別に書いているように戦いの跡を見せたいのと
一行で表示させたかったので「あと」を漢字にしました。

刀をうったと伝えられる後鳥羽院には「刀の背、みね」
良く似た音、定家と順徳院では「のばらの」「のなかの」

土御門院だけ　「８」　ではないけど　「否、むしろ」
状況を楽しみましょう、と言っているように思います。

後鳥羽院　９８番
三笠山みねの小松にしるきかな千年世の秋の末もはるかに

定家
もろこしもこの世も名こそうづまれね野ばらのつかは跡ばかりして

順徳院　　６８番
ながめやる里だに人の跡たえし野中の松に雪はふりつつ

土御門院　９４番
いなむしろあれし名残の庵なれば月を伏見のかたしきの袖

５９
明け暮るる果てやいづれのとき日とも知らぬ夕べの入りあひの鐘

後鳥羽院　８７番
霜深しそことも知らぬ山寺にはるかに響くれいの音かな

土御門院　８６番
岩がねのこりしく山のしひしばも色こそ見えね秋かぜぞ吹く

順徳院　　８９番
すずわくるしのにをりはへ旅衣ほす日も知らず山の下露

　「四の音　よつのね」

　前の番で後鳥羽院が三笠山を詠み、ここでは３院が山を。

　後掲の資料部、新勅撰の草稿再現案で、歌の挿入位置は
繋がりを３首づつ見ながら入れている部分があります。

　「すず」は、鈴、篠（細い竹、すず竹）
仏具名の　「鈴」　は　「れい、りん」　と読む。

　「鈴の奏」　とは、御幸の折りに先払いに振る鈴の
下賜を請けときと還御して返上するときの奏上。

　古語辞典「すず」に「新古今」の一首が紹介されてました。

　今夜誰篠吹く風を身にしめて吉野の嶽の月を見るらん
コヨイタレスズ

119

６０
みどりこもただ目の前のおきなさびある世にだにもかはる姿を

後鳥羽院　　９１番
春くればみとりの空になくたつのなかゐの浦に友さそふなり

土御門院　　９８番　題「無常」
花の春秋の紅葉のなさけだに浮世にとまる色ぞ稀なる

順徳院　　　９８番
聞くたびにあはれとばかり言ひ捨てて幾世の人の夢をみつらむ

　　最後に定家を置いて読んでみて下さい。

　　光陰矢の如しと赤子も「おきなさび」老人らしくなります。
　　順徳院の歌へ添えた詞書は　　「老桑門八旬之懐旧」

　　後鳥羽院は「定家八代抄」１２８７番も繋がります。

袖の露もあらぬ色にぞ消えかへる移れば変る嘆きせしまに

６１
絶え果てむ今は限りやあすかゐに宿り定めぬ水の月影

後鳥羽院　　９７番
いはしみつたえぬなかれの夏の月袂のかけも昔おほえて

土御門院　　９０番
をばただの宮のふる道いかならむたえにし後は夢のうきはし

順徳院　　　９５番
かづらきの神や心にわたすらんあけてとだゆる夢のうき橋

120

定家は60番と結びつく命の終わり、何か途絶えた事
水面に映る月影の、揺れて定まらない儚さを詠んで
「今と昔」　の相対する字によって後鳥羽院と繋ぎ

土御門院「たえにし」　で2院への応答にも成るから
順徳院は合わせて作ったとも考えることができます。

６２
筆の跡言の葉残る諸人よ聞きしも見しも昔なりけり

　「四首　２合わせ」
　最後に定家を置いてみて下さい。
　色のムラ、薄き、変わらず、そんな諸人の事も昔と。

　順徳院は「笹垣」を漢字にして読み易く、かつ
　５９番、篠、竹、と結びつくように考えました。

後鳥羽院　８２番
いはたかは谷の雲まにむらきえてとどむる駒のこゑもほのかに

順徳院　　７２番
いかがせんおくもかくれぬ笹垣のあらはにうすき人のこころを

土御門院　８２番
幾世ともいはねの小松秋をへてあらしも露も色はかはらず

６３
つひにゆく道をば誰も知りながら去年の桜に風を待ちつつ

　「名号」　を１２３７年　に詠んで完成していたら
　同じ年には親友、家隆も死にました。

既に出家していた定家は、人の世と縁を切ったのに
去年の桜が今年も咲くのを待つ。自嘲でしょうか。
それとも後鳥羽院が愛した、南殿の桜なら・・・

結句「風」も「良い風、追い風」　などの意味を含み
前の番で、全て昔の事と結ぶ所へ続けるように

「これから」明日、希望がある歌を合わせたので
最後を定家にして、４人の会話を聞いてみて下さい。

土御門院　３３番
暮ると明くと解けん期もなき氷室山いつか流れし谷川の水

順徳院　　１番
風わたる春の氷のひまを粗みあらはれいづるにほの下道

後鳥羽院　２１番
夏くれは心さへにやかかはるらむ花にうらみし風もまたれて

定家
つひにゆく道をば誰も知りながら去年の桜に風を待ちつつ

　土御門院の場合、前述の理由から
　「とけんご」　へ時期を意識する　「期」　を使いました。
　検討した２０番は、題が「三月尽」では趣旨に反します。

　他は「終」の反対「初め、１」になって次へ繋ぎます。

「述懐」

６４
ななそぢのむなしき月日数ふれば憂きに耐へける身の試しかな

「３院　１合わせ」

後鳥羽院　８１番
これまでも旅の寝覚めはあはれなりしづがをがみも心こころに

土御門院　８１番
かたしきの涙の数にくらべばや暁しげきしぎの羽がき

順徳院　９１番
とまやがたまくらながれぬうきねにも夢やはみゆるあらき浜かぜ

　順徳院は　９０、９１への詞書にある「数」が鍵でした。
　さらに、９７番へ添えた定家の詞書きには

　　　陸士衛四十之嘆逝、蜜友不半在、老桑門八旬之懐旧

　「四、八」の他、注目したのが「蜜・みつ」だったので

　順徳院９８番「みつらん」が「見る」だけでなく
　「親密、甘い蜜、密接」　の意味と味が加わりました。

　後鳥羽院は、小夜の中山で「恋」を終え「旅」の初め。
　「賤　しづが」と旅を始めて　磐田川、音無川、梛木へ。

　前述の順徳院「みつ、密」読み方の一つに「しずか」
　蜜月を共にしても、いや、そういう間柄であればこそ
　重大事を秘密にすれば争い騒ぐ事もない、静かでしょう。

123

６５
百敷に匂ひし花の春ごとにそむきにし世を猶ぞ忘れぬ

「香る４花」

土御門院　７番
梅が香も誰が袂をか契るらん同じ軒端の春の夕風

順徳院　５番
夢さめてまだ巻きあげぬ玉だれのひま求めても匂ふ梅が香

後鳥羽院　４６番
橘の小島がさきの月かけを眺めや渡す宇治の橋守

６６
あまつ風乙女の袖にさゆる夜は思ひいでてもねられざりけり

土御門院　６４番
をしがものはかひをこゆる白浪のよるは玉もの床もさだめず

順徳院　　８１番
夢路にはかよひてしほる袖をだに人の涙のぬらしやはする

後鳥羽院　７２番
月夜には来ぬ人まつといとひてもくもるさへこそ寝られさりけれ

　定家「さゆる、おもひ」の「る、ひ」が息子２院へ入り
　後鳥羽院は故に「くもる、いとひ」の表記を採用

　土御門院６４番「羽かひ」は８１番「羽がき」と２０首程
　離れてますが、６４番へ合わせたので近くで繋がります。

６７
身をつくしいかに乱れて蘆の根の難波のことも辛き節ぶし

土御門院　８５番
あしたづの翼に霜やさむからしさ夜もふけひのうらみてぞなく

順徳院　　６２番
みだれ蘆の葉ずゑの月のさゆる夜はしのぶにすれる鶴の毛衣

後鳥羽院　８５番
平松はまた雲ふかくも立ちにけり明けゆく鐘は難波渡りに

　　後鳥羽院の歌は、採用表記の検討例で書いています。

　　土御門院は「つばさ」を漢字にして「は、ね　羽」
　　を意識し、順徳院「毛衣」と関わり易くしてみました。

　「４首合わせ」では、百人一首から呼ばれるのも４首

難波潟短き蘆の節の間も逢はでこの世をすぐしてよとや
わびぬれば今はた同じ難波なる身をつくしても逢はむとぞ思ふ

難波江の蘆のかりねの一夜ゆゑ身をつくしてや恋わたるべき
陸奥のしのぶもぢずりたれゆゑに乱れ染めにし我ならなくに

６８
たましひも我が身に添はぬ嘆きして涙久しき世にぞふりにし

土御門院　１７番
春風の池吹きはらふ浪の上におのれ影添ふ杜若かな

順徳院　５５番
いくとせの秋の別におくれゐてふり添ふ霜のきゆる世もなし

後鳥羽院　１３番
吹き迷ふ吉野の山の春風は匂ひを添ふる雪けなりけり

易経の考え方か、７０番へ向けて四季が循環します。
春、杜若・夏、秋から霜のおりる冬、雪は有るけど春へ

６９
ふみみむと草の蛍に道とへどあふげば高き跡をやは知る

土御門院　３０番
夏の夜は我が住むかたの漁火のそれともわかず飛ぶ蛍かな

順徳院　２９番
蚊遣火のけぶりは人のしわざにておのれ曇らぬ夏の夜の月

後鳥羽院　３１番
うたたねの夢路の末は夏のあした残るともなき蚊遣火のあと

　定家の目線は　「跡」　を追う　「近から遠」

　「ふみ」に込められた「文、歌や人の道」
　「草」に「言い草」も思い出し、蚊遣火２首とともに
　　残り香や灰だけが、あった跡を留める。人も同じと。

土御門院は、見分けが付きにくい漁火と蛍の光が
「それとも」から火中に飛び込む虫をも言うようで

「煙を立てるのは人で、月じゃない」と詠う順徳院は
定家の詞書も「煙は人のしわざ、又新造珍重候」

噂や悪評を流そうとも、月には関係ないように
位の高い人にすれば、下から煙が立っても我関せず。
また、そういう態度であるべきだ、とも言えるでしょう。

ここは偶然にも　２９、３０、３１　と番号が続くので
時系列が自然に移りゆくように前述の並びにすれば

夕方から夜の蛍、蚊取り線香は　「あした」　によって
夢の記憶とともに跡だけを残して朝をむかえます。

７０
つかへこし道をばかへている月の山のはしたふしるべたがふな

最後の７０番は「目印　４首」

土御門院　９番
あさみどり苔の上なるさわらびのもゆる春日を野べに暮しつ

順徳院　　１７番
あしがもの羽がひの山の春の色に一人混じらぬ岩つつじかな

後鳥羽院　１８番
こやの池のあやめにましる杜若花ゆゑ人に知られぬるかな

127

「山のは」は一般的に山の端を言うことが多いのですが
「言の葉」も見せるのが前の「文」と「言い草」

「したふ」も普通は「慕う」でしょう。描かれる絵としたら
山を慕って、寄り添うように端っこから出てくると見ている。

恋の歌に良く用いられる光景ですが、寄らば大樹の影
草の下の生き物、勢力に寄り添う人、と読む事もできます。

そして最後の締め括り、下の句に　「山」と「しるべ」
「たがふな」　と命令、指示している定家。

つかへこし道をばかへている月の山のはしたふしるべたがふな

ここへ、まず土御門院を合わせました。

土御門院　百首９番
あさみどり苔の上なるさわらびのもゆる春日を野べに暮しつ

「浅緑」を歌合わせすると「あさ」は朝廷にも感じます。

定家「みどり」から「風　見鶏」　を連想すると
時代的に鎌倉幕府ですが、朝廷に迎合する人達。

烏合の衆の中にあって、じめじめ、涙に濡れて暮らすと
苔も生えてくるけど、そこにも春の新たな芽生えがある。
萌えでた早蕨は春の　「印」　平らな地面を割って出る。

「春日」　を漢字表記している事が重要だと思います。
「はるひ」　と読ませたい所で、一般的な「かすが」から
「春日大社」を連想できる点に注目すべきでしょう。

奈良、平城京、春日山の別称、三笠山。山麓ある春日大社は
藤原氏の氏神をまつる為に作られたそうです。

大社のホームページを引用させていただくと

第一殿 茨城県、鹿島神宮から迎えられた武甕槌命
　　　　　　　　　　　　　　タケミカヅチノミコト
第二殿 千葉県、香取神宮から迎えられた経津主命
　　　　　　　　　　　　　　フツヌシノミコト
第三殿 天児屋根命 （アメノコヤネノミコト）
第四殿 比売神 （ヒメガミ）は大阪府枚岡 （ヒラオカ）神社から

それぞれ春日の地に迎えて祀られている。

境内に含まれる主なものは
標高２９５ｍの御蓋山全域の山林部と

社頭から西方、飛火野、雪消の沢一帯の芝原
若宮おん祭の御旅所（おたびしょ）から
一の鳥居に至る参道の地帯を含む平野部。

引用はここまで。

建物のうち、一、二殿の名前は興味深いです。
古語辞典で「かとり」とは、絹の中でも上質の「固織り」

絹を織るには蚕を飼い糸をとる事から始まると知っているけど
蚕が、蜘蛛のように糸を張り巡らしているわけでもない。

そう考えれば、前述したカレーの黄色、サフランともども
始めに発見した人、生産へ結びつけた人の存在は
中々、知られていないと気が付いたりしました。
「蚊取り」となれば２０１４年、和歌山と、蚊取り線香の話題は
国産除虫菊によるメーカーが、長い歴史の幕を閉じたこと。
なんでも長く続けるのは、並大抵の事ではできませんね。

定家
つかへこし道をばかへている月の山のはしたふしるべたがふな

土御門院　９番
あさみどり苔の上なるさわらびのもゆる春日を野べに暮しつ

順徳院　　１７番
あしがもの羽がひの山の春の色に一人混じらぬ岩つつじかな

後鳥羽院　１８番
こやの池のあやめにましる杜若花ゆゑ人に知られぬるかな

　前の番号で２院は　「蚊遣火」　を詠んだものでした。

　春日大社「飛火野」と関係するかの６９番、蛍　２首
　定家の　「しるべたがふな」　との指示に従えば

　目立つ物、後鳥羽院なら　「花ゆゑ人に知られる」
　周囲の色を引き立て役にして咲く様子、とも見えますが
　これは、特別な感情、行為ではないと思います。

第３章で、天皇と仕える身は、同じ題詠でも違って当然と
書いていますが、カレーでも、日本の煮物にも例えられますが
良い材料が有っても、組み合わせ、味付けが肝心でしょう。

花だから目立つと言える、上に立つ者の自信。
そして目上の者を立てながら、自分も引っ張って貰えるような
有能で善い上司、部下との連携、協力関係あってこそ、会社も
政治、国の運営も上手くいくのではないでしょうか。

２首一対　と　分類

「四首合わせ」の３院から、１首残して２首一対にしています。

院の歌を先に置くと「名号」は合せて作ったかに思えるし
分類は「百人一首」の「二首一対」と同じ方法と言えます。

「百人一首」は基本的に前後、１−５０番へ５１番以後を動かし
「名号」も前半「四季」を中心に、以降を動かしました。
表記は６、７番「今日」や読み易さから適宜変更しています。

春

土　朝あけの霞の衣ほしそめて春たちなるるあまの香具山
１　名に高き天の香具山今日しこそ雲井にかすめ春や来ぬらし

鳥　春来てもなほ大空は風さえて古巣恋しき鶯のこゑ
２　百千鳥こゑはそながらあらぬ身の宿とも知らず匂ふ梅が枝

土　しら雪のきえあへぬ野べの小松原ひくてに春の色はみえけり
３　あづさ弓春のねのびの小松原ひく手に深き千代の色かな

鳥　梅が枝はまだ春立たず雪の内に匂ひばかりは風に知らせて
４　水垣の久しき世より惜しむともあかずや花の色は見えまし

順　ちりまがふ四方の桜をこきまぜてぬきもとどめぬ滝の白糸
５　滝のいとにかつちる花をぬき乱だり早くすぎゆく春の影かな

順　河の瀬に秋をや残す紅葉ばのうすき色なる山ぶきの花
６　ふりはへて今日やとはれん咲きしより君待つ宿の山ぶきの花

土　吉野川かへらぬ春も今日ばかり花のしがらみかけてだにせけ
７　つれもなく暮れぬる空を分れにて行く方知らずかへる春かな

順　夕霞きえ行く雁や雲鳥のあやおりみだる春のころもで
43　那古のあまのかづく白玉たまさかにいでて帰らぬ闇路ともがな

土　むかしたれすみけん跡の捨衣いはほの中に苔ぞのこれる
44　もじの関かきおくあとを留めおけ西のみ空の道のしるべに

鳥　来る方へ春しかへらばこのころやあづまに花の盛りなるらむ
45　あづまぢやなげのゆききにかげみせよ浜名の橋の下の浮き波

土　春風の池吹きはらふ浪の上におのれ影添ふ杜若かな
68　たましひも我が身に添はぬ嘆きして涙久しき世にぞふりにし

順　あしがもの羽がひの山の春の色に一人混じらぬ岩つつじかな
70　つかへこし道をばかへている月の山のはしたふ標たがふな

夏

鳥　よもすがら宿の梢に郭公またしきほどのこゑを待つかな
8　鳴かぬより山郭公このごろとまつほどしるき夕暮れの空

土　早苗とる伏見の里に雨過ぎてむかひの山に雲ぞかかれる
9　も裾濡れ採るや早苗も老いぬとて雨もしみみに急ぐを山田

鳥　つくはねの夏の木陰にやすらへは匂ひし花の名残りともなし
10　あふちさく北野の芝生さ月きぬ見もせぬ人のかたみとどめて

順　あか月のやこゑの鳥もいたづらに鳴かぬばかりに明くる東雲
11　みじか夜の見はてぬ夢のさむしろにはかなく残る有明の月

鳥　風は吹けど静かに匂へ乙女ごが袖ふる山に花のちるころ
12　たちばなの花ちる庭は白妙の袖の別れし香に匂ひつつ

順　はし鷹のとや野の浅茅ふみ分けておのれも帰る秋の狩人
13　ふし柴やしばし立ち寄る下影もゆふ風おそき野辺の旅人

土　ゆく蛍秋風吹くとつげねどもみそぎ涼しき川やしろかな
14　つげこさむ蛍は空に乱るれど越路はるけき秋の雁が音

秋

鳥　いつしかと荻の上葉はおとつれて袖に知らるる秋の初風
15　ならひにし秋のねざめのいつしかとたつより悲し荻の上風

土　今朝のまの色もはかなし槿の花におくるる秋の白露
16　物思ふ宿のためしを見せ顔に枝もとををの萩の朝露

順　かこつべき野原の露も虫のねも我より弱き秋の夕暮
17　浅茅生の小野の白露袖の上にあまる涙の深さくらべよ

鳥　まばらなる槙の板家に影もりて手に取るばかりすめるよの月
18　み山には霜さえぬらしかりいほもる田のもの月に衣うつなり

土　嶺こえていまぞ鳴くなる初雁のはつ瀬の山の秋ぎりの空
19　たがための錦も見えぬ秋霧にそめし時雨の山ぞかひなき

土　誰ゆゑにうつろはんとかはつ霜のたわわにおける白菊の花
20　ふせぐべきかたこそなけれ白菊のうつろふうへにまよふ初霜

順　冬来ても猶時あれや庭の菊こと色そむるよもの嵐に
21　つたかへでみ山木かけて色づきぬ下照姫や秋をそむらん

順　秋風や千種ながらに乱れけん花さきかはすみやぎのの原
46　みや木ののこの下千たび通ふともうらむる袖の露やまさらん

土　をみなへし植ゑし籬の秋の色はなほ白妙の露ぞかはらぬ
47　手弱女の袖のうら風吹きかへせ染めて移ろふ色はむなしと

鳥　さほ姫の染めし緑や深からむときはのもりはなほ紅葉せで
48　ふじの山みねの雪こそ時しらねおつるこの葉の秋はみえけり

冬

鳥　散りはつる竜田の山の紅葉葉を梢にかへす木がらしの風
22　名残なく梢さびしき山おろしを己とどむるなみのしがらみ

順　蘆の葉に隠れて住まぬ炭竈も冬あらはれて煙立つなり
23　もしもやと残るこの葉を疑へど今は時雨の音のみぞする

土　難波えやすみうき里の蘆の葉にいとど霜おく冬の曙
24　蘆の葉にこやも隠れぬ津の国の難波たがへる冬ごもりかな

土　山の井のむすびし水や結ぶらんこほれる月の影もにごらず
25　磨きおく氷に月の宿る夜はいはねどしるきたまの井の水

鳥　まちわぶる小夜のね覚めの床にさへ猶うらめしき鐘の音かな
26　民の戸もとしある空の印とて明くる夜の間に積もる白雪

順　駒とめてしばしはゆかじ八橋のくもでにしろき今朝のあは雪
27　ふる雪の日数やいくか芦垣の吉野の里はまぢかからねど

順　さとわかぬ春の隣に成りにけり雪まの梅の花のゆふかぜ
28　つきはつる今年の今日や数へこし齢の暮れの限りなるらん

賀

鳥　万代世の末もはるかにみゆるかなみもすそ川の春の曙
29　南無といふこの言の葉を唱ふるや身を助くべき頼みなるらん

神祇

順　とりかざす日蔭のかづら繰り返し千世とぞうたふ神のみ前に
49　綱手引く千賀の塩釜くり返し悲しき世をぞ恨み果てつる

恋

鳥
36
　おほ方の秋のなさけの荻の葉にいかにせよとて風なびくらむ
　慣れもせぬ葉山が下の旅ごろも袖も庵も一つ白露

順
37
　つま木こる遠山人は帰るなり里までおくれ秋の三日月
　もち月を又ありあけの眺めしてゆくほど遠き秋の旅人

土
38
　み山ぢやあか月かけてなく鹿のこゑすむ方に月ぞかたぶく
　朝なけに身にやは添ふと振り捨てて行けどわかれぬ人の面影

鳥
66
　月夜には来ぬ人まつといとひてもくもるさへこそ寝られさりけれ
　あまつ風乙女の袖にさゆる夜は思ひいでてもねられざりけり

順
67
　みだれ蘆の葉ずゑの月のさゆる夜はしのぶにすれる鶴の毛衣
　身をつくしいかに乱れて蘆の根の難波のことも辛き節ぶし

土
60
　花の春秋のもみぢのなさけだにうき世にとまる色ぞ稀なる
　みどりこもただ目の前の翁さびある世にだにもかはる姿を

鳥
61
　いはし水絶えぬなかれの夏の月袂のかけも昔おほえて
　絶え果てむ今は限りやあすかゐに宿り定めぬ水の月影

土
62
　幾世ともいはねの小松秋をへてあらしも露も色はかはらず
　ふでのあと言の葉のこるもろ人よ聞きしも見しも昔なりけり

鳥
63
　夏くれは心にさへやかはるらむ花にうらみし風もまたれて
　つひにゆく道をば誰も知りながら去年の桜に風を待ちつつ

土
64
　かたしきの涙の数にくらべばや暁しげきしぎの羽がき
　ななそじの虚しき月日数ふれば憂きに耐へける身の試しかな

順
65
　夢さめてまだ巻きあげぬ玉だれのひま求めても匂ふ梅が香
　百敷に匂ひし花の春ごとにそむきにし世を猶ぞ忘れぬ

雑　　旅　秋冬

順　さらしなの山の嵐も声すみて木曽の麻衣月にうつなり
30　求めけるみのりの道の深ければ氷を叩く谷川の水

土　しづかなる心の中も久かたの空にくまなき月や知るらん
31　あかねさす光はみねを照らせども麓にくらき山の朝霧

鳥　萩原やあかつきのへの露しげみ分くる袂に知らぬ花摺り
32　導きし鹿なく野辺もわきてこのえにある萩の露ぞうつろふ

土　月草の花の心やうつるらん昨日にも似ぬ袖の色かな
33　例へても虚しき雲の大空に消えてあとなきいろはいろかは

順　いつて舟おひ風はやくなりぬらしみほの浦わによする白浪
34　船よばふ隅田河原の渡し守みのりにあへる心をぞ知る

鳥　白山の杜の木陰にかくろへてやすらに住める雷の鳥かな
35　つるの林なくなくおくる涙にやよもの木くさも色かはりけん

雑　　旅　春

順　　雪とのみふるの山べは埋もれて青葉ぞ花のしるしなりける
39　　みるめなき我が身やうらの楫枕里のしるべはとへどこたへず

鳥　　何となく名残ぞをしきなきの葉やかざしていづる明け方の空
40　　手向けする幣のおひ風ことづてよ思ふ方より我をおくらば

順　　結びあへぬ春の夢路のほどなきにいく度花の咲きて散るらん
41　　ふく尾花露のかりいほを結びてもかたみの紐は解く宵もなし

土　　み吉野の花に別るる雁がねもいかなる方によると鳴くらん
42　　つかのまも忘れんものかいでがてに月を絞りし袖の別れは

順　　蚊遣火のけぶりは人のしわざにておのれ曇らぬ夏の夜の月
69　　ふみみむと草の蛍に道とへどあふげば高き跡をやは知る

雑　　鳥

土　あま雲の雲井をさしてゆくたづの行末とほき声ぞきこゆる
50　なげきこり身を隠すてふ山ぢさへ住むに住まれぬ浮世なりけり

順　霧はれば明日も来てみん鶉なくいはたのをのの紅葉しぬらん
51　もずのゐるまさきのすゑ葉秋かけて藁屋はげしきみねの松風

土　なら柴や枯葉の上に雪ちりて鳥だちの原にかへる狩人
52　嵐のみはらふよどこに雪降りてねぬ夜も積もる柴のかりいほ

鳥　すみよしの岸におふなりたつね見むつれなき人を恋忘れ草
53　みな人の忘れてとはぬ古里を我のみしたふいはのかけみち

順　あさみどり霞の衣吹くかぜにはつるるいとや玉のをやなぎ
54　たてもしもぬきも露もて織る錦たのむかきねの心弱さよ

土　よそにてもさびしとはしれ大原やけぶりをたつる炭竈の里
55　ふすぶとてま柴のけぶり立出づる山ぢさびしき里どなりかな

雑　　山家

順　しほ木つむあまの小舟ぞいそぐなる心とたゆむ宿のけぶりに
56　釣舟のはるかに結ぶかがり火をみねの笹屋に幾夜見つらん

鳥　さりともと待ちし月日もいたづらに頼めしほともさてすきにけり
57　なき物と思ひ捨ててし身の果てに世の憂き事ぞ猶残りける

土　いなむしろあれし名残の庵なれば月を伏見のかたしきの袖
58　唐もこの世も名こそうづまれね野ばらのつかは跡ばかりして

順　すずわくるしのにをりはへ旅衣ほす日も知らず山の下露
59　明け暮るる果てやいづれのとき日とも知らぬ夕べの入りあひの鐘

草稿再現案

３院は鳥、土、順で表し、場所の決定理由を簡単に添えました。
数字は「新勅撰」の歌番で、その次へ入れます。

幾つかポイントとなるような所は岩波文庫「新勅撰和歌集」から
前後の歌を並べてみたので、皆さんは、お手持の本を横において
該当箇所へ付箋を貼ったり、歌を書いたりして使って下さいね。

春

1　あらたまのとしもかはらでたつはるはかすみばかりぞゝらにしりける
2　あまのとのあくるけしきもしづかにてくもゐよりこそはるはたちけれ
3　けふしもあれみゆきしふれば草も木もはるてふなべにはなぞさきける

　　３の次へ置く
　　「理由」　１番から　「ける、けれ、ける」　次へ　「なるる」

土　朝あけの霞の衣ほしそめて　春たちなるる　あまの香具山

4　ふゆすぎてはるはきぬらしあさひさすかすがのやまにかすみたなびく
5　ひさかたのあまのかぐやまこのゆふべかすみたなびくはるたつらしも

　　天皇の御製、俊成、貫之と並ぶので、そこへ土御門院を
　　４、５番は、よみ人しらず。

37　　　式子内親王と並べて　44,45　「空」　へ結ぶ
鳥　春来てもなほ大空は風さえて古巣恋しき鶯のこゑ

50 　　　　51番から山の花、吉野山など
土　しら雪のきえあへぬ野べの小松原ひくてに春の色はみえけり

76 　　　　75, 76 は歌に名に　雪・ゆき　77 は　ちらぬ、白雲

鳥　梅が枝はまだ春立たず雪の内に匂ひばかりは風に知らせて
順　ちりまがふ四方の桜をこきまぜてぬきもとどめぬ滝の白糸

　　127俊成「川」と鎌倉右大臣「しがらみ」の間。ともに山吹。
127　ふりぬれどよしのゝみやはかはきよみきしの山ぶきかげもすみけり

順　河の瀬に秋をや残す紅葉ばのうすき色なる山ぶきの花
土　吉野川かへらぬ春も今日ばかり花のしがらみかけてだにせけ

128 たまもかるゐでのしがらみはるかけてさくやかはせのやまぶきの花

131 　　　袖の次、132 手折る 135 夕　　花は黄から藤色へ
順　夕霞きえ行く雁や雲鳥のあやおりみだる春のころもで

133 　　　　帰る春、別れ、行く春　等の歌群
土　むかしたれすみけん跡の捨衣いはほの中に苔ぞのこれる
鳥　来る方へ春しかへらばこのころやあづまに花の盛りなるらむ

136 　　　　春の終りに２首入れる。130, 133　は池の藤波
土　春風の池吹きはらふ浪の上におのれ影添ふ杜若かな
順　あしがもの羽がひの山の春の色に一人混じらぬ岩つつじかな

141

夏

139
鳥　よもすがら宿の梢に郭公またしきほどのこゑを待つかな

　　挿入歌一首目は　「名号8番　夏の初め」と対です。
　　出だし「よも」は「夜も」の他「四方」も有ります。

　　もしも春が　「一人」　で終わっていたら

　　137　相模による　「春の形見」　で始まる夏
　　138　「ひとへ　単、一重」　139　詞書　「夏のはじめ」

　　この2、3首目は作者名に　「二条」　が並んでいるから
　　第三巻　夏は　1234　の数字が並んだのです。

153　　　さ月の「さ」　花橘の香りから雨の動き五月雨へ
土　早苗とる伏見の里に雨過ぎてむかひの山に雲ぞかかれる
鳥　つくはねの夏の木影にやすらへは匂ひし花の名残りともなし

174　　　橘　俊綱による「あけぼののこゑ」の後へ
順　あか月のやこゑの鳥もいたづらに鳴かぬばかりに明くる東雲
鳥　風は吹けど静かに匂へ乙女ごが袖ふる山に花のちるころ

191　　　190 帰らぬ水、ゆく年波　191 吉野川、みそぎ
順　はし鷹のとや野の浅茅ふみ分けておのれも帰る秋の狩人
土　ゆく蛍秋風吹くとつげねどもみそぎ涼しき川やしろかな

秋

　　　秋は　193　から始まり、現在一首目は、曽祢　好忠。
　　　年代的な事を重視するのも勅撰集の編集であるから

　　　後鳥羽院は２首目として　「秋の初風」　を並べると
　　　また２首おいて西行法師から３首「秋・あきのはつかぜ」

193　　ひさかたのいはとのせきもあけなくに夜半にふきしく秋のはつかぜ

鳥　いつしかと荻の上葉はおとつれて袖に知らるる秋のはつかぜ

194　　かさゝぎのゆきあひの橋の月なれど猶わたすべき日こそとをけれ
・・・
196　　たまにぬくつゆはこぼれて武蔵野ゝくさの葉むすぶあきのはつかぜ

232　　　花と白露を、233　の人麿は　「分く事難き」と詠う。
土　今朝のまの色もはかなし槿の花におくるる秋の白露

240　　　秋の野風。　241　は目印のような二条院讃岐
順　かこつべき野原の露も虫のねも我より弱き秋の夕暮

253　　　すめる夜半の月哉　へ並べると次に家隆の、月影
鳥　まばらなる槙の板家に影もりて手に取るばかりすめるよの月

302　　うつろふ　家持の、　鳴く鹿の声を聞く歌は
　　　「泣くしかない声を菊」　とも読む事ができます。

土　嶺こえていまぞ鳴くなる初雁のはつ瀬の山の秋ぎりの空
土　誰ゆゑにうつろはんとかはつ霜のたわわにおける白菊の花

143

317　　310 嵐から、　317　入道二品親王道助の次へ　2首
　　　319 鎌倉右大臣　わたのはら　八重　秋風と続きます

順　冬来ても猶時あれや庭の菊こと色そむるよもの嵐に
順　秋風や千種ながらに乱れけん花さきかはすみやぎのの原

332　　前関白　「をきまよふ」　の次、333 家隆　「色変わる」
土　をみなへし植ゑし籬の秋の色はなほ白妙の露ぞかはらぬ

350　　そめはてて（347）残り染めけん（348）染め残す（349）
鳥　さほ姫の染めし緑や深からむときはのもりはなほ紅葉せで

冬

367　　共通語 もみぢば　　368 たちはてつるは木枯しの風
鳥　散りはつる竜田の山の紅葉葉を梢にかへす木がらしの風

374　　373 作者　入道二品　　374 有家の次へ2首
順　蘆の葉に隠れて住まぬ炭竃も冬あらはれて煙立つなり
土　難波えやすみうき里の蘆の葉にいとど霜おく冬の曙

395　　山、月、影の群。　397 むすぶ、氷
土　山の井のむすびし水や結ぶらんこほれる月の影もにごらず

409　　前関白の次へ。　　まつ＝松、待つ。　　哉（かな）で並ぶ
鳥　まちわぶる小夜のね覚めの床にさへ猶うらめしき鐘の音かな

　　　　詠み人名に入った数字が、順徳院「八橋」と繋がります。

　　　　　　正三位家隆
424　あけわたるくもまのほしのひかりまでやまのはさむし峯のしら雪
　　　　　八条院高倉
425　里のあまのさだめぬ宿もうづもれぬよするなぎさの雪のしらなみ

順　駒とめてしばしはゆかじ八橋のくもでにしろき今朝のあは雪

　　　　　　正三位家隆
426　わたのはら八十島しろくふる雪のあまぎる浪にまがふつりふね

　　　詞書「高陽院家歌合に」425「高倉」と繋がります。
427　ふみゝけるにほのあとさへおしきかな氷の上にふれるしら雪

　　　　　442　貫之の次へ。　　冬の最後へ順徳院を置きます。
　　　　用語が百敷、大宮人から里、春の境と並び
　　　　院による春の色香で締めたい。

順　さとわかぬ春の隣に成りにけり雪まの梅の花のゆふかぜ

賀

鳥　万代世の末もはるかにみゆるかなみもすそ川の春の曙

　　　現在の一首目 443 前関白は、目印のように頻繁な登場
　　　鎌倉右大臣、二条院讃岐などの他は誰でしょうか？

羈旅

518 　　権大納言公実の次、俊成２首の前へ
順　しほ木つむあまの小舟ぞいそぐなる心とたゆむ宿のけぶりに
鳥　さりともと待ちし月日もいたづらに頼めしほともさてすぎにけり

537 　　535蓮生法師「山」　536慈円「旅の心」仏僧２人
　　　538,9　は枕の歌２首なので、その前へ２首
土　いなむしろあれし名残の庵なれば月を伏見のかたしきの袖
順　すずわくるしのにをりはへ旅衣ほす日も知らず山の下露

神祇

549 　　　549 の詞書、賀茂＝鴨。　共通語 かざし
順　とりかざす日蔭のかづら繰り返し千世とぞうたふ神のみ前に

恋

686 　　「名号」の「は山」を鍵に 687 の煙は風になびく物
鳥　おほ方の秋のなさけの荻の葉にいかにせよとて風なびくらむ

753 　　三日月　を置くと作者名も　いん　３並びとなる
順　つま木こる遠山人は帰るなり里までおくれ秋の三日月

　　　　753の次に在ったら
　　　　744 定家「こひしなむ、あふよの」から１０首目

755 は院と対にした「名号」と同じ「ゆけども遠き」

後鳥羽院初度百首　８５番平松、地名の佐用は
市町村合併によって　三日月村　も統合されています。

801　　　鎌倉右大臣「あかつき」　と　802 八条院高倉　の間へ
土　み山ぢやあか月かけてなく鹿のこゑすむ方に月ぞかたぶく

831　　　小侍従２首「 それさへにこそわすられにけれ」の次
鳥　月夜には来ぬ人まつといとひても曇るさへこそ寝られさりけれ
順　みだれ蘆の葉ずゑの月のさゆる夜はしのぶにすれる鶴の毛衣

846　　　四首合わせした「名号」の「みどりこ」を目印に
　　　　847　式子内親王　「わぎもこ」　を見つけます。
土　花の春秋のもみぢのなさけだにうき世にとまる色ぞ稀なる

876　　　関川、岩間、水
鳥　いはし水絶えぬなかれの夏の月袂のかけも昔おほえて

904　　　鎌倉右大臣　「いく世」　　903 露　907　色
土　幾世ともいはねの小松秋をへてあらしも露も色はかはらず

979　　　季節の移動「春の夜」の次。　980, 981「頼」を分けない
鳥　夏くれは心にさへやかはるらむ花にうらみし風もまたれて

147

986　　はしたか、かり　の後へ。じ、し　繰り返しが同じ 987
土　かたしきの涙の数にくらべばや暁しげきしぎの羽がき

1011　前関白の次。　　1012 よみ人しらず　詞書　「中納言定頼」
順　夢さめてまだ巻きあげぬ玉だれのひま求めても匂ふ梅が香

恋　の挿入歌最後は　2首一対した「名号」が「百敷に」

挿入目安に良く登場する、式子内親王で有名な「玉の緒」は
　１００９ においては定家が詠んでいます。　また、前後では
百首歌からの選歌や「数」を詠んでいれば数を意識しますね。

雑一　　春夏　旅

次の順徳院を、雑一 1027の後へ置けば
「重なりながら」　女、草、男、院　3首並びが出来ます。

1023　　女　内親王
1024　　女　内親王家
1025　　女　内親王　　　　　草
1026　　男　入道二品　　　　草
1027　　男　前大僧正　　　　草

順　雪とのみふるの山べは埋もれて青葉ぞ花のしるしなりける

1028　　殷富門院
1029　　二条院讃岐

1033　　　土御門内大臣の後、２首置くと　「らん」　も並ぶ
鳥　何となく名残ぞをしきなきの葉やかざしていづる明け方の空
順　結びあへぬ春の夢路のほどなきにいく度花の咲きて散るらん

1046　「名号」を目印に「忘」へ繋げると「ん」が目立つ
土　み吉野の花に別るる雁がねもいかなる方によると鳴くらん

1060　の「たゝくゝひな」は「焚く火」に読ませます。
順　蚊遣火のけぶりは人のしわざにておのれ曇らぬ夏の夜の月

雑二　　（鳥）後鳥羽院初度「鳥５首」との繋がりを考えます。

1161　　　二条院讃岐の２首並びへ、２院を続ける
土　あま雲の雲井をさしてゆくたづの行末とほき声ぞきこゆる
順　霧はれば明日も来てみん鶉なくいはたのをのの紅葉しぬらん

1199　　　従一位麗子の「とり」1200 は「上」の反対「底」
土　なら柴や枯葉の上に雪ちりて鳥だちの原にかへる狩人

149

雑四　　（鳥）

1279　　すみの江の岸、恋忘貝。　　院は名にも　鳥
鳥　すみよしの岸におふなりたつね見むつれなき人を恋忘れ草

1285　　布引、滝の白糸　1286 染めて
　　　　院「はつる」＝ 果てる、泊まる、ほつれる、つる鶴
順　あさみどり霞の衣吹くかぜにはつるるいとや玉のをやなぎ

1297　　富士、煙のあとへ　「よそ」　にて思う京都　大原
土　よそにてもさびしとはしれ大原やけぶりをたつる炭竈の里

雑四　　秋冬　旅

1310　　み神、さらしな、きそのあさぎぬ　　の次へ
順　さらしなの山の嵐も声すみて木曽の麻衣月にうつなり
土　しづかなる心の中も久かたの空にくまなき月や知るらん

1315　　「百人一首」を連想する、末の松山、あま　の間へ
鳥　萩原やあかつきのへの露しげみ分くる袂に知らぬ花摺り
土　月草の花の心やうつるらん昨日にも似ぬ袖の色かな

1320　　白山２首のあと、1322 からの海辺へ繋ぐ
順　いつて舟おひ風はやくなりぬらしみほの浦わによする白浪
鳥　白山の森の木陰にかくろへてやすらに住める雷の鳥かな

あとがき

私が前作と、ここで示したのは「歌合わせ」という基本。
藤原定家が生きた時代には普通の楽しみであり、研究過程で
応用、使いこなし方を考えた結果、三首、四首合わせでした。

また、日本語の書籍を、横書きにして出版してきた理由は
昔から、数人の外国人作家を英語で読んでいた事と

インターネットの普及によって新聞の購読者が減って来たのは
２０００年代になって直ぐでしたが、eメールなどの横書きは
世代を問わず目がなれてきていると思います。

昨今は読書離れも話題になるほどですから、古典的和歌を
少しでも身近に、楽しい読物と感じて頂けたら幸いです。

出版に際しては、申し込み前、問い合わせ段階から
担当の檜岡様には迅速、かつ丁寧な対応をして頂きました。
感謝するとともに、御社の益々の発展を願います。

さて最後に、数字並べの答えと、意味です。
前作に入ってしまった余分な数　「１」　をきっかけにした物。

　http://kohibumi.blog.fc2.com/　で公開した文芸３作品
恋文、恋歌、その後の恋歌へ入れた数字は　１　２　３　５

「名号七十首」の成立は
「新勅撰和歌集」と同じ、１２３５年と考えている所からです。

ここまで読んで下さってありがとうございました（＾.＾）

著者プロフィール
中村 るり子（なかむら るりこ）

1958年 静岡県生まれ
静岡県立吉原高校卒業後、2001年 7月まで
藤沢薬品工業（現 アステラス製薬）勤務
株式投資による資産運用で生計を立てている。

藤原定家 名号七十首の謎を解く

2016年8月30日 初版第1刷発行

著 者 中村 るり子
発行者 谷村 勇輔
発行所 ブイツーソリューション
〒466 - 0848 名古屋市昭和区長戸町4 - 40
TEL：052 - 799 - 7391
FAX：052 - 799 - 7984

発売元 星雲社
〒112 - 0005 東京都文京区水道1 - 3 - 30
TEL：03 - 3868 - 3275
FAX：03 - 3868 - 6588
印刷所 藤原印刷

万一、落丁乱丁のある場合は送料当社負担でお取替えいたします
ブイツーソリューション宛にお送りください
©Ruriko Nakamura Printed in Japan ISBN978-4-434-22307-5